KB271659

비보이 스캔들

이 도서의 국립중앙도서관 출판시도서목록(CIP)은
e-CIP홈페이지(http://www.nl.go.kr/ecip)와
국가자료공동목록시스템(http://www.nl.go.kr/kolisnet)에서
이용하실 수 있습니다.
(CIP제어번호 : CIP2012002340)

비보이 스캔들

한정영 지음

북멘토

차례

1장

지희,
'노 멘스 힐 No-Mense Hill '에서
생긴 일

행운의 편지

나는 추방되었다.

사제들은 내 목에 주홍글자를 걸었다. 그것은 아이스 랜드(우리는 귀족들의 영지를 그렇게 불렀다)에서 쫓겨난 자의 표식이었다. 무당벌레 모양의 팬던트는 추악한 자의 징표였고, 그 등에 새겨진 글자 'A'는 가혹한 명령의 문장(紋章)이었다. — 타락한 자여! 속죄하라!

주홍글자를 걸고 있는 한, 나는 벌레였다.

사람들이 손가락질을 했다. 나를 힐끔거리며 쑤군거렸다. 간혹 몇몇은 진짜 벌레를 대하듯 노골적으로 인상을 찌푸렸다. 그때마다 나는 구토를 했다. 쓴물이 목구멍으로 넘어왔다. 나는 매번 혀를 물고 싶은 충동에 시달렸다. 그러느라 목에 걸린 주홍 글자를 이빨로 짓이긴 적이 한두 번이 아니었다.

아이스 랜드를 제외한, 평민과 천민이 거주하는 '불의 지옥'은, 오랫동안 아이스 랜드에서 생활한 나에게 현기증이 날 만큼 낯선 곳이었다. 천민 전사들이 내뱉는 사소한 한마디에서조차 이질감에 시달렸다. 욕설은 물론이고, 온갖 비속어와 은어가 내 귀를 더럽혔다. 솔직히 그들은 아이스 랜드의 전사들보다 천박했으며 예의가 없어 보였다. 이따금 음탕한 농담을 주고받았고, 사제들 몰래 음화(淫畵)를 보기도 했다. 세상에!

그뿐이던가. 그들은 함께 어울려 식사를 했고, 여럿이 어울려 장난을 치며 놀았으며, 마주 보고 깔깔 웃었다. 아이스 랜드에서는 보기 드문 광경이었다. 아이스 랜드의 전사들은, 세상에 저 혼자 있는 듯 지냈고, 동료 전사들이 사라져도 관심이 없었으며, 물론 서로 간섭도 하지 않았다. 극도로 말을 아꼈고, 당연히 말을 걸어오는 것도 달가워하지 않았다.

아! 정말 놀라운 것은, 사랑이었다. 불의 지옥 전사들은 사랑을 했다. 사제들이, '그것은 지금 우리에게 가장 악랄한 마음의 병이다. 그것은 전사들의 사기를 떨어뜨리고, 끝내는 자신을 파멸에 이르게 하는 기생수(寄生樹)이며, 치유되지 않는 전염병이다. 그러므로 경고한다. 이 전염병을 퍼트리는 자는 혹독한 대가를 치르게 될 것이다. 아이스 랜드를 좀먹는 벌레와 같은 존재가 되고 말 것이다'라고 말했던!

그런데 나도 그들처럼 사랑에 빠졌다. 프린스, 한때는 '로맨스 힐(Romance Hill)'이라 불리던 이곳을, '노 멘스 힐(No-Mense Hill)'이라 부르기 시작한 나의 프린스, 내가 그를 사랑하기 시작한 것이다.

그럼으로써 나는 벌레가 되어 가고 있었다.

……나는 벌레가 되어 가고 있었다.

노트를 덮었다. 그럼에도 불구하고 마지막 글귀는, 머릿속에서 멈추지 않는 파문을 만들었다. 그 때문일까. 노트를 들고 있는 두 손이 파르르 떨렸다.

나는 노트를 책상서랍 깊이 넣었다. 그리고 일어났다. 의자가 시멘트 바닥에 끌리는 소리가 났다.

끼이익!

그 소리는 갈고리처럼 등을 긁었다. 머리털이 일제히 곤두서는 느낌. 그래서 나는 진저리를 쳤다.

창밖을 내다보고 있는 준영의 뒷모습이 눈에 띄었다. 나는 천천히 다가갔다.

"어쩌면…… 나 때문인지도 몰라."

창틀 하나를 사이에 두고 나란히 선 채로 말했다. 내 목소리가 무슨 고해성사처럼 들렸다. 결국 그 '고백'이 뾰족한 못이 되어 가슴에 박혔고, 그 통증 때문에 묻어 두려 했던 기억이 눈물로 솟아올랐다.

곧이어 시내의 야경이 흔들렸다. 그러다 잠시 눈을 감았다
가 떴을 때에는 학교 맞은편 교회의 붉은 네온 십자가의 반듯
하던 각이 무뎌졌다.

"공연히 자학하지 마. 그게 왜 네 탓이야? 그런다고 달라지
는 건 아무것도 없어."

그걸 누가 모른다니? 그렇게 되받아치고 싶었다. 하지만 그
럴 틈이 없었다. 준영이가 연이어 뱉어 낸 말이 내 입을 틀어
막았다.

"유리는 그냥 유리의 길을 간 거야."

이 녀석, 원래 이렇게 '쿨'했나? 위안이라도 받고 싶었던 나
는, 녀석의 지나치게 차분한 말투가 섭섭했다. 그 말은, '빨리
유리를 네 머릿속에서 정리해!'라는 식으로 들렸다. 그러나 아
무리 정리해도 티끌은 남았다. 들꽃반으로 처음 옮겨 오던 날,
어찌할 바를 몰라 허둥대던 모습, 스스로를 따돌리고 늘 혼자
교실 구석에 남아 있던 모습과 바로 얼마 전에는 힙합을 해보
겠다며 어설프게 다리를 떨어대던 천진한 행동까지. 하나같이
낯설고, 조금도 유리답지 않았던!

나는 침을 꿀꺽 삼키고 다시 입을 열었다.

"난……."

그러나 준영이 재빨리 나의 말을 가로챘다.

"아니라니까 왜 그래? 넌 유리와 가장 친한 친구였잖아."

비로소 돌아본 준영의 미간이 바짝 좁혀져 있었다.

"그래서 더 그런 거야. 매일 유리가 꿈에 나타나. 그 장면이 반복되고 있어. ……옥상 난간 위에 올라섰을 때, 내가 더 꼭 붙잡았더라면, 유리는 뛰어내리지 않았을 거야."

"유리는 네 손을 뿌리쳤어. 너도 별수 없었잖아?"

"아니! 사실은 그 전에…… 교실로 되돌아오기 전에 유리가 어디론가 가자고 했어. 그때 따라나섰으면……."

"그랬다면 달라졌을까?"

"준영아!"

"너, 자꾸 이러는 이유가 뭐야? 유리한테 변명이라도 하고 싶은 거니?"

"내 말은……."

"할 수 있으면 하던지!"

나쁜 새끼. 입안에 욕을 물고 우물거렸다. 뱉어 내지는 못했다. 나는 준영의 그 한 마디에 더 이상 할 말이 없었다. 물론 안다. 녀석은 내가 빨리 유리를 잊고 일상으로 돌아오길 바라는 마음에서 그런다는 걸. 그래도 여전히 섭섭했다.

나는 화제를 돌려 물었다.

"그런데 왜 날 보자고 했어?"

"행운의 편지를 받았어."

"뭐?"

어이가 없었다. 새삼 준영이 별쫑맞아 보였다.

편지를 받는 즉시 49장을 보내야 한다는 둥, 그것을 받고 49

장의 편지를 보낸 링컨은 대통령에 당선되었으며, 케네디는 그 편지를 받고 답장을 보내지 않아 암살을 당했다는 둥. 행운의 편지는 유리가 옥상에서 뛰어내린 다음 날부터 아이들 사이에 빠르게 퍼지고 있었다. 발신인도 없는 그 편지는 책상서랍에 놓여 있기도 하고, 혹은 책갈피나 사물함에, 어떤 때는 자신도 모르는 사이에 교복 주머니에 들어와 있곤 했다. 그렇게 편지를 받은 아이들 태반이 49장을 다른 사람에게 보내지 못해 전전긍긍했고 또 소수의 몇몇은 불안에 떨었다. 성질 급한 어떤 녀석들은 제 주소가 뻔히 드러나는 이메일로 49장을 보내기도 했다.

어쨌거나 그것은 유치한 장난일 뿐이었다. 그래서 나는 피식 웃었다.

"무슨 초딩도 아니고……."

그런데 준영이가 내 웃음의 꼬리를 일순간 걷어 버렸다.

"유리가 보낸 거야."

준영은 그렇게 한 마디 툭 던져 놓고 내 반응을 살폈다. 이래도 안 놀랄 거야,라는 듯이. 그런 녀석이 얄미웠다.

"지금 농담할 기분이 나니?"

"나라고 믿고 싶겠어? 근데 내 뒷자리의 태성이도 받았고 철민이도 받았어. 다른 반 아이들도 받았겠지. 어쨌든 우리 셋을 제외한 나머지 46명도 유리가 보낸 행운의 편지를 받았을 거야."

"됐어. 그만해. 이제 누구든 그 유치한 장난질은 그만뒀으면 좋겠어."

나는 정색을 했다. 짜증스러웠다. 그런 애들 장난 같은 편지에 유리 이름을 들먹인다는 것이 몹시 불쾌했다.

하지만 준영은 장난이 아닌 듯했다.

"나도 유리의 일로 장난칠 만큼 그리 한가하지 않아."

"그럼? 차가운 시멘트 바닥에 떨어져서 머리가 부서지고 팔과 다리가 뒤틀린 채 죽은 아이가 살아 돌아오기라도 했다는……."

나는 숨이 막혀서 더 이상 말을 잇지 못했다.

"지희야!"

"그러니까 제발 그만두란 말야! 너희들이 그런다고 유리가 돌아오지 않아."

"난 다만……."

"알았어. 그럼, 무슨 근거로 그 행운의 편지를 유리가 보냈다는 거야?"

묻고 나서 어금니를 꽉 물었다. 피할 수 없을 바에야 마주 서는 게 낫다. 그걸 내 스스로가 감당할 수 있을지는 미지수였지만.

기다렸다는 듯 준영이 쪽지를 내밀었다. 나는 세 번 접힌 쪽지를 반듯하게 펼쳤다. A4 용지를 네 등분한 크기였다. 형광등 불빛을 받아 그것은 파르스름하게 빛났다.

헉! 가슴이 탁 막혔다.

"유리 글씨 맞지? 전체적으로 동글동글한 모양도 그렇고, 'ㅁ'과 'ㅇ'이 잘 구분되지 않는 것, 그리고 'ㅎ'은 숫자 '6'에 작대기 하나 가로지르는 방식으로 쓰는 것, 받침으로 쓰는 'ㄹ'은 숫자 '2'자에 가깝고…….."

종이 위에서 춤추는 준영의 손가락을 쳐다보면서, 오로지 듣고만 있었다. 그렇게 말하지 않더라도, 첫눈에 알 수 있었다. 초등학교 때부터 중학교 때까지 단짝이었고, 유리가 주홍글자를 목에 걸고 들꽃반으로 내려온 뒤부터 늘 옆에 앉아 있었다. 그런 유리의 글씨를 모를 리 없었다. 하지만 그렇다고 말할 용기가 나지 않았다. 나는 숨을 고른 뒤에 물었다.

"언제 받았어?"

"난 9교시 마치고 나서 사물함에서 발견했고, 철민이는 어제 아침 7시 50분경이었다고 했어. 시간의 오차는 좀 있겠지."

준영의 말투는 마치 과학수사 드라마의 대사처럼 들렸다.

"그래. 그럴 수도 있어. 유리도 불안했을 테니까. 그리고 행운의 편지는 그전에도 가끔 나돌던 것이었으니까."

물론 그렇게 말한다고 달라질 건 없었다. 다만 이즈음에서 끝내고 싶었다. 유리는 죽었고, 편지는 그 전에 쓰인 것이라고. 그러면 그만이었다. 하지만 준영은 나를 놓아 주지 않았다.

"미안하지만, 사고가 난 이후에 쓰인 편지야."

"무슨 근거로?"

"철민이가 받은 행운의 편지와 내가 받은 행운의 편지의 내용이 달라."

"뭐? 어, 어떻게?"

기다렸다는 듯 준영은 오른쪽 윗주머니에서 또 하나의 편지를 꺼내 놓았다.

"방금 전에 본 게 철민이 거고, 이게 내가 받은 거야. 자, 이것과 이것, 비교해 보면 알 거야."

그러나 '행운의 편지입니다'로 시작되는 내용은, 방금 전 보았던 것과 별반 다를 게 없어 보였다.

"뭐가 다르다는 거야."

그러자 준영이 손가락으로 편지의 한가운데를 가리켰다.

만약 이 편지를 49명에게 보내지 않는다면, 어쩌면 당신은 주홍글자를 목에 건 채 4층에서 떨어질지도 모릅니다.

다시 한 번 숨이 탁 막혔다.

"이, 이게 정말 네가 받은 거란 말이지?"

"그래. 이제 내 말이 이해가 돼?"

"그럼, 이거…… 유리가 자신의 죽음을 예고하기라도 했다는 거야? 씨, 이게 말이 돼?"

"눈에 보이는 건 믿어. 별수 없잖아."

뭐라고 대꾸해야 좋을까. 못 믿겠다고 억지를 부려 볼까?

“두 가지의 경우야.”

잠시 기다리다가 준영이 입을 열었다. 긴 머리칼이 한쪽 눈의 언저리까지 내려와 있었다.

“그게 뭐지?”

“우선 하나는, 내가 가장 믿고 싶은 경우인데, 누군가 유리의 글씨를 흉내 내고 있다?”

“그리고 둘째는?”

“유리가 살아 있다……?”

“미친 새끼!”

눈을 흘겼다. 준영은, 그런 내 눈길이 부담스러웠는지 고개를 돌렸다. 그러더니 창밖에 시선을 둔 채 말했다.

“내가 미친 게 차라리 낫겠지. 넌 그렇게 믿고 싶겠지만.”

거기까지 말하고, 다시 나를 쳐다보면서 말을 이었다.

“안 그래? 물론 첫 번째의 경우겠지. 그래도 의문이 사라지는 건 아니야.”

“무슨 의문?”

“도대체 누가, 그리고 무슨 목적으로 그런 내용을 행운의 편지 속에 넣었느냐, 하는 것!”

준영은 얄미울 정도로 차분했다. 빈틈없는 말로 나를 구석으로 몰아세우고 있었다. 한쪽 머리가 아팠다. 다리도 떨렸다. 양손으로 창틀을 꽉 쥐고 있어야 했다. 그런 나의 어깨를 준영이 툭 건드렸다.

"식당에 가서 저녁이나 먹고 오자. 야간자율학습해야지."

'야자'를 야간자율학습이라고 반듯하게 말하는 녀석은 아마 이놈밖에 없을 것이다. 나는 준영의 뒤를 따랐다.

I don't know……

그날, 유리는 나와 이야기하는 동안 세 번이나 손을 씻었다. 불과 20여 분 남짓한 시간이었다. 유리는 내 이야기를 번번이 끊고, 그때마다 손을 씻으러 화장실로 달려갔다.

맥이 빠졌다. 짜증이 나서 한마디 할까 생각했다. 하지만 참았다. 다른 날보다 유리가 더 불안해 보였던 탓. 그것만 아니었어도 대뜸 소리를 질렀을 테다.

유리는 첫 시간부터 손을 씻지 못해 안달을 했다. 수업시간 내내 발을 동동 굴렀다. 나에게 빌려간 물휴지 한 통을 채 한 시간도 안 되어 다 써 버린 뒤에도 안절부절못했다. 평소에는 뽀얗던 얼굴이 붉게 달아오르더니, 어느새 목덜미까지 뻘겋게 변해 버렸다. 얼마나 입술을 씹어대는지, 한쪽은 피가 맺혔다.

유리의 결벽증은 들꽃반으로 내려온 한 달이 채 되지 않아서 나타났다. 유리는 매번 수업시간이 끝날 때마다 세면실로 달려갔다. 그러고는 서너 번씩 비누칠을 해 가며 손을 닦았다. 가끔은 화장실을 간다는 핑계를 대고 수업 시간 중에도 세면실을 들락거렸다.

그리고 어느 날부터인가 손을 씻고 온 뒤에 향수를 뿌리기 시작했다. 처음에는 그 냄새가 싫지 않았다. 하지만 유리는 도가 지나쳤다. 한 시간 전에 뿌린 향수의 냄새가 채 가시기도 전에 다른 종류의 향수를 또 뿌려대곤 했다. 이를테면 첫째 시간이 끝난 뒤에는 유리의 몸에서 레몬 향이 났고, 둘째 시간이 끝난 다음에는 그 레몬 향 위에서 사과향이 묻어났다. 셋째 시간이 끝나면, 또 페퍼민트 향이 어우러졌다.

오후가 되면 덧칠해진 향수 냄새가 코를 찔렀다. 옆에 앉은 나는 물론이고 주위의 다른 아이들까지 얼굴을 찌푸렸다.

오늘따라 심하네. 무슨 일 있어?

유리는 두 번째로 손을 씻고 와서 또 향수를 뿜어댔다. 나는 손으로 허공을 휘저으며 물었다.

나 때문인 것 같아.

유리는 약간 고개를 숙인 채 좌우를 살피더니 말했다. 목소리 끝이 갈라졌다.

무슨 말이야? 너 때문이라니?

프린스 말야. 일이 이렇게 커질 줄은 몰랐어. 학교를 옮길 거래.

그게 정말이야?

응. 내가 그러지 말라고 했는데, 제발 남아 있어 달라고 했는데…… 사제들과 싸워 이겨 달라고 했는데…….

유리야, 지금 무슨 소리를 하고 있는 거야?

이제 노 멘스 힐에는 나를 구원해 줄 사람이 아무도 없어.

대답 대신 유리는 그렇게 말했다.

그건 또 무슨……?

모두 이것 때문이야.

유리는 자신의 목에 걸린 주홍글자를 만지작거렸다. 희고 가느다란 손가락이 파르르 떨리고 있었다.

주홍글자는 왜?

나는 유리의 손을 마주 잡고 물었다.

자꾸만 목을 죄어. 마법에라도 걸린 것처럼…….

꿈을 꾼 거야?

너 그거 알아? 난 교수형을 당했어. 희멀건 회색의 수의를 입고……. 맞아. 이 교복 같은 수의였어. 난 사제들에게 끌려 불의 지옥 옥상으로 끌려갔어. 그곳에서 사제들은 나의 손발을 묶었어. 그리고 나를 교수대에 매달았지. 하지만 그들은 나를 곧바로 처형하지는 않았어.

유리는 눈살을 찌푸리며 말했다. 지금도 생생하다는 듯 몸을 떨었다.

유리야! 그건 네가 쓰고 있는 판타지 소설이잖아.

나는 혼란스러웠다. 도대체 유리는 무슨 말을 하고 싶은 걸까? 초점을 잃은 두 눈처럼, 유리의 말은 두서가 없었다.

내 말에 유리는 손을 저었다. 그러고는 계속 말을 이었다.

교수대에 묶인 나의 몸 위로 뜨거운 태양이 쏟아지고 있었어. 얼마나 지났을까. 새가 날아왔어. 시커먼……. 그래, 아주 큰 독수리, 아니 아주 큰 까마귀였어. 그 까마귀가 날카로운 부리로 내 심장을 파먹기 시작했어. 난 너무나 아파서 소리도 지르지 못했어.

프로메테우스처럼?

나는 어느새 그 애의 이야기에 추임새를 넣고 있었다.

맞아. 프로메테우스처럼 나는 심장을 쪼였어. 그리고 곧 나는 심장이 너덜너덜해진 채로 교수형을 당했어. 마지막 순간에 본 게 바로 이 주홍글자였어.

나는 유리의 노트에서 읽었던 판타지 소설이 자꾸만 생각났다. 그 때문에 잠시 동안 그 소설의 줄거리를 듣고 있다는 착각이 들었다.

괜찮아. 꿈일 뿐이야. 다음 시험 잘 보면 되잖아. 넌 다시 장미반으로 돌아갈 거야. 너무 조급하게 생각하지 마.

말을 꺼냈지만, 스스로가 한심했다. 해 줄 말이 겨우 꼰대들이나 하는 말이라니. 그걸 알고 있었던 것일까. 유리는 내 말을 무시하고 또 알 수 없는 소리를 했다.

그래서 프린스에게 부탁했던 거야.

무슨 부탁?

프린스, 넌 심장을 쪼이지 않는 프로메테우스가 되어 줘! 나를 위해서…….

유리는 내가 프린스라도 된다는 듯이 애절한 눈빛으로 말했다.

프린스라면 그럴 수 있지 않을까?

고개를 끄덕이며 대꾸했지만 뭐라는 건지 알 수 없었다. 그렇지만 위로하고 싶었다. 그래야 할 것 같았다.

그런데 유리는 곧바로 고개를 저었다.

아니, 프린스도 결국은 내 부탁을 들어주지 않았어. 스스로 사제들의 희생양이 된 거야. 불쌍하게도 프린스는 그게 나를 위한 것이라고 믿고 있어. 어쩌지?

…….

하지만 난 돌아갈 거야. 장미반으로. 내가 여기에 온 건 어차피 내 스스로 선택한 일이었으니까.

돌연 이건 또 무슨 말인가? 게다가 미소까지 지으면서. 그럼, 프린스가 부탁을 들어주지 않아서 장미반으로 돌아가겠다고? 유리의 보조개가 다른 때보다 깊이 패였다.

뭐라는 거야? 너 스스로?

응.

고개를 갸웃거리며 한 질문에 비해 너무 간단한 대답이었다. 조금도 주저하지 않다니! 결국은 내가 더 당황할 수밖에.

아, 아무튼 다행이야.

얼결에 여짓거렸지만, 이상하지 않은가. 스스로라니? 그럼, 일부러 시험을 망치기라도 했단 뜻인가? 일부러 들꽃반으로 내려왔다고? 나는 유리의 반달 모양의 눈매를 똑바로 쳐다보았다. 하지만 놀리듯, 유리는 또 말머리를 틀었다.

생각을 바꾸었어. 프린스에게 잘못이 없다는 걸 보여주어야겠다는 생각이 들었어. 하지만 저들을 용서하겠다는 뜻은 아니야.

유리의 말은 정말로 지독하게 맞지 않는 퍼즐 조각이었다. 순서와 규칙도 없이 맞추려다 보니 더 맞출 수 없게 되어 버린. 그래서 나는 마음먹고 유리의 말을 끊었다.

잠깐만, 유리야!

그러나 질문할 시간도 주지 않고 유리는 벌떡 일어났다. 유리는 쫓기듯 교실을 나가 곧장 세면실로 향했다.

유리는 세면실 가장 안쪽 수도꼭지 앞에 서더니 윗옷을 팔꿈치까지 걷었다. 그러고는 물을 세게 틀었다. 유리는 손을 씻기 시작했다. 비누칠만 다섯 번. 헹구는 시간도 길었다. 손에서 빠드득 소리가 여러 번 났다. 그런 뒤에도 유리는 세면대에서 물러나지 않았다. 보다 못한 내가 수돗물을 잠갔다.

그만 좀 해.

하는 수 없다는 듯 유리는 손을 털었다. 나는 휴지를 건네주었다. 유리는 손가락 사이까지 꼼꼼하게 닦았다. 하지만 그런 뒤에도 유리는 세면대를 떠나지 못하고 서성거렸다.

가자.

내가 유리의 어깨를 밀쳤다. 유리는 무언가 두고 가는 사람처럼 수도꼭지를 쳐다보고는 세면실을 나섰다.

그날 6교시 영어 시간, '아메리카 살모사'가 모의고사 시험지의 긴 지문을 읽은 뒤, 몇몇 아이들에게 영어로 물었다. 내가 대략 듣기로는, 지문에 등장하는 두 남자의 견해가 어떻게 다른지 설명해 보라는 거였다. 하지만 질문을 받은 세 명의 아이들이 모두 고개를 숙인 채 대답하지 못했다.

하긴 네놈들이 뭘 알겠어. 살모사는 혀를 몇 번 차더니 유리에게 물었다. 너는 알겠지, 이러면서! 그런데 유리는, 아주 또렷한 목소리로 모른다고 대답했다.

I don't know what to say about you.

그러자 살모사가 목소리를 높였다.

What?

그래도 유리의 대답은 똑같았다. 그러면 안 되는 거였다. 다른 선생이라면 몰라도 살모사가 물을 때는 차라리 고개를 숙이고 있는 편이 나았다. 그런 채로 모욕을 견뎌내는 게, 살모사의 기준에서는, 마땅히 옳은 일이었다. 모른다는 대답을, 그토록 당당하게 한다는 건 위험한 짓이었다.

그러나 그때까지만 해도 나는 무슨 일이 생길 거라고 함부로 단정 짓지 않았다. 원래 유리는 장미반이었고, 작년 유리의 담임이 바로 살모사였으니까. 설마 무슨 일이 있을라고, 하며 마음을 놓았다. 그러나 그것은 정말 안이한 바람이었다.

살모사는 송곳니를 드러냈다.

나와, 이년아!

그 말과 함께, 교실 안은 일시에 정적에 빠져들었다. 살모사의 거친 숨소리 외에는 아무런 소리도 들리지 않았다. 나도 그랬고, 다른 아이들도 공포에 휩싸였다.

그러나 의외로 유리의 표정은 담담했고, 걸음걸이조차 흔들리지 않았다. 심지어 유리는 살모사 앞에 서더니 살모사를 마주 보았다.

유리야, 안 돼!

속으로 외쳤다. 그러나 내 머릿속에서 그 말이 채 끝나기도 전에 살모사의 갈퀴 같은 손이 유리의 뺨을 할퀴었다.

유리는 네 대를 맞고 교실 바닥에 넘어졌다.

일어나!

살모사가 소리쳤다. 유리는 곧 일어났다. 그러나 유리는 살모사 앞에 서지 않고 등을 돌렸다. 유리는 아이들 책상 사이를 지나 뒷문 쪽으로 향했다.

저년 뭐야? 야! 너 뭐하는 거야?

살모사의 목소리가 머리채를 잡아당겼지만, 유리는 돌아보지 않았다. 서둘지도 않았고 오히려 이상하리만큼 침착한 걸음걸이로 교실 문을 열고 밖으로 나갔다.

나는 반사적으로 일어나 유리를 따라갔다.

어라? 저년은 또 뭐야? 너, 이리 안 와?

유리를 붙잡지 못한 살모사의 욕설이 이번에는 내 목덜미를 붙잡으려 했다. 하지만 나 역시 돌아서지 않았다.

유리는 건물 바깥으로 뛰어나갔다. 현관 앞에서 잠시 머뭇거리더니 곧 체육관 쪽으로 방향을 잡았다. 나는 몇 번이나 유리의 손을 붙잡았다. 하지만 그럴 때마다 유리는 거칠게 뿌리쳤다.

유리는 주저없이 체육관으로 들어가더니 샤워실 문을 열어젖혔다. 나 따위는 안중에도 없는 듯했다. 유리는 옷을 벗기 시작했다. 조금의 망설임도 없었다.

유리야! 왜 이래?

무서웠다. 그래서 일부터 크게 소리쳤다. 그리고 달려가 끌어안았다. 속옷만 입은 유리의 맨몸이 뜨거웠다.

어쩌려고 이래?

얼굴을 마주 보고 말했다. 어깨를 흔들었다.

유리의 동공이 풀려 있었다. 나는 양쪽 뺨을 붙잡고 얼굴을 들이댔다. 비로소 유리의 눈이 살아서 움직였다. 그러나 동시에 유리는 나를 거칠게 떠밀었다.

아얏!

나는 뒤로 넘어졌다. 그런 나를 내려다보면서 유리는 마지막 남은 속옷마저 벗어 버렸다.

유리야, 제발 이러지 마.

차라리 애원했다. 하지만 그 소리는 샤워실 벽에 맞고 이리 저리 튕겨지다가 허무하게 잦아들었다.

유리는 샤워기 앞으로 다가가 물을 틀었다. 물줄기가 거셌다. 유리의 긴 목이 잠깐 뒤로 꺾였다. 이내 유리는 목을 가누었지만 온몸을 파르르 떨었다.

물이 차가웠다. 나는 반사적으로 한걸음 물러섰다. 가만히 서 있는 내 어깨도 쉴 새 없이 떨렸다.

더러워!

갑자기 유리가 외쳤다.

나는 그제야 정신을 차리고 달려가 샤워기의 물을 껐다.

물줄기가 멈추자 유리는 몸을 더 심하게 떨었다. 나는 샤워실 구석에 걸려 있는 수건을 가져와 물기를 닦아 주었다. 물기를 다 닦아낼 때까지 유리는 얼굴이 새파랗게 질린 채 자꾸만 떨었다.

그때, 7교시 시작을 알리는 차임벨 소리가 들려왔다.

얼른 가자, 종 쳤어.

나는 재촉했다. 서둘러 옷을 입히고 유리의 손목을 잡아 끌었다. 유리는 말없이 따라왔다. 하지만 들꽃반이 있는 다산관 앞에서 유리는 우뚝 멈추어 섰다.

왜?

가자.

내 짧은 물음에, 그만큼이나 짧게 유리가 대답했다. 아직도 머리카락에서는 물이 뚝뚝 떨어졌다. 몇몇 아이들이 유리를 힐 끗거리면서 지나갔다.

어딜?

여기만 아님 돼. 같이 가 줄 거지?

지금?

응. 지금!

유리는 또렷하게 말했다. 나를 바라보는 눈빛이 간절해 보였 다. 물기가 고여 있어서인지 반짝거렸다.

유리야. 나중에…….

아니, 지금! 부탁이야. 가자, 제발.

이번에는 유리가 먼저 내 손을 잡았다. 뜨거웠다.

일단 지금은 교실로 돌아가자. 그리고 이따가…….

마지막으로 부탁할게. 지금 가 줘. 응? 너밖에 없단 말야. 아 무도 내 곁에 없어.

그래. 걱정하지 마. 옆에 있을게. 그러니까 지금은…….

정말 안 돼?

알았다고 했잖아. 어서 교실로 돌아가자.

나는 유리의 팔목을 잡아끌었다. 잠시 버티던 유리는, 다행 히 천천히 이끌려 왔다.

먼저 교실로 들어오는 게 아니었다. 잠시만,이라고 말하면서 유리는 교실 문 앞에서 옷매무새를 고쳤다. 그 때문에 유리는 한걸음 나보다 뒤처졌다. 교실 안으로 들어가면서 나는 문을 열어 두었다. 하지만 10분이 지나도록 그 문은 닫히지 않았다.

옆자리에 앉은 아이가 나에게, 살모사가 이따가 교무실로 오래,라고 말했지만, 신경 쓰지 않았다.

다시 5분이 지났다. 이후로 1분마다 돌아보았고, 그렇게 5분이 더 지났다.

그때, 비명 소리가 들렸다. 아이들의 머리가 창 쪽으로 돌아갔다. 나도 따라서 고개를 돌렸다. 수업을 하던 국어 선생이 소리를 쫓아 뛰어갔다. 나도 달려가 창밖으로 몸을 내밀었다.

운동장에서 체육 수업을 하고 있던 2학년 아이들이 한군데 멈추어 서서 일제히 이쪽을 바라보고 있었다. 손가락질을 하는 아이들도 보였다. 정확히 교실 위쪽 옥상이었다. 나는 몸을 창밖으로 더 빼냈다. 그리고 위를 올려다보았다.

유리가 옥상 난간에 아슬아슬하게 서 있었다. 밑에서 쳐다보았기 때문일까. 유리는 당장이라도 하늘로 날아갈 것처럼 보였다. 파란 하늘에 떠 있는 깃털 구름이 마치 유리의 날개처럼 보였다.

나는 몸을 돌려 교실 바깥으로 내달렸다. 책상을 밀쳤고, 그러느라 의자 두어 개가 넘어지고, 누군가의 가방이 땅바닥에 나동그라졌다. 복도와 계단 모퉁이에서 누군가와 부딪치고, 그때 실내화가 벗겨졌다. 두 계단씩 오르느라 스커트 옆 자락이 찢어졌다.

누군가 내 앞을 막았다. 억센 팔이 내 가슴을 휘감았다. 나는 더 이상 다가갈 수가 없었다. 발버둥쳤지만, 소용이 없었다. 여러 무리가 그 곁으로 또 달려왔다.

119에 신고했어요? 혹시 모르니까 병원에도 연락해 두어야죠.

이럴 게 아니라, 누가 좀 가서 설득해 보아야 하지 않을까요?

애는 누구예요?

여럿의 목소리가 이명처럼 들렸다.

비켜, 씨발 새끼들아!

누구를 향해 소리쳤는지도 모른다. 미친 듯이 머리를 흔들었다. 몸을 뒤틀며 내 가슴을 휘감고 있던 팔을 물어뜯었다.

으아악!

순간 몸부림치던 내 몸이 앞쪽으로 튕겨져 나갔다. 그 힘으로 나는 앞으로 달려갔다.

유, 유리야!

그때, 유리가 고개를 돌렸다. 동시에 유리의 몸이 휘청거렸다. 바람에 날려갈 것만 같았다.

유, 유리…….

그때, 유리가 손을 들어 보였다.

다가오지 마!

나는 멈추었다.

지금, 뭐하는 거야! 이리 와. 어서!

입에서 나오는 대로 쏟아냈다. 그뿐이었다. 무엇을 해야 할지 나는 알 수 없었다.

그때, 유리가 말했다.

갈게! 먼저 갈게.

목소리는 들리지 않았다. 유리가 나를 바라보는 눈빛이 그렇게 말했다. 나도 그 눈빛에 물었다.

어딜?

몰라. 그냥, 여길 떠나고 싶어. 여기만 아님 돼.

꼭 그래야 하니? 꼭?

대답 대신 유리는 고개를 끄덕였다.

안 돼! 그러지 마!

그리고 나는 손을 내밀었다. 두어 걸음 더 앞으로 나섰다. 그때 유리가, 이번에는 고개를 가로저었다.

이미 늦었어.

유리가 눈빛으로 말했다. 심장이 녹아내릴 듯했다. 유리가 서 있는 난간까지의 거리는 불과 열댓 걸음 남짓. 내 손은 더 뻗지 못하고 멈춘 채 힘없이 하늘거렸다.

그리고 잠시 후, 유리는 새가 되었다. 미소는 그대로 허공에 남아 있는데, 유리는 신발 한쪽을 남겨둔 채 날, 아, 가, 버, 렸, 다.

그때까지 들리지 않던, 선생님들의 목소리가 일제히 귓가에 울렸다.

어떻게 된 거야?

죽은 거야? 아, 씨발! 골치 아파지겠네.

경찰엔 연락한 거야?

아까부터 쟤는 뭐예요?

누군가의 한 마디에 몇몇의 시선이 내게로 향했다.

장미와 들꽃

배식구 앞에 아이들이 줄을 길게 서 있었다. 형광등 불빛 때문인지 후줄근한 흰색 교복은 마치 환자복처럼 보였다.

"여기 앉아서 기다려. 컵라면 사올게."

준영이는 창 쪽 테이블에 자리를 맡아 놓고 매점 쪽으로 걸어갔다.

나는 털썩 주저앉았다. 화가 났다. 아무것도 변하지 않았다는 사실이 화가 나서 견딜 수가 없었다.

불과 며칠 전, 유리가 내 손을 놓고 허공으로 먼지처럼 날아갔다. 그날, 학교는 잠시 술렁댔다. 그날만은 아이들이 야간자율학습을 하지 않고 모두 집으로 돌아갔다. 하지만 그뿐이었다. 도둑 장례식이 끝나자마자 정말 감쪽같이, 모든 것은 원래의 상태로 돌아갔다. 술렁거림은 없었으며, 유리의 죽음을 기억하는 아이들은 몇 되지 않았고, 야간자율학습도 계속되었다.

발인을 앞둔 전날 늦은 오후, 영안실에는 학생들을 대표해서 네 명이 다녀갔다. 하지만 장미반과 코스모스반을 오가던 학생회장은 유리가 누구인지 잘 모른다고 했다. 부회장 여자아이는, 기억은 나는데 친하게 지낸 적은 없어,라고 말했다. 실뚱머룩한 표정이었다. 그러더니 영안실에 있던 30분 동안 오로지 모의고사 걱정만 했다. 또 한 아이는 3학년도 아닌 2학년이었다. 그 애는 자신이 왜 여기에 왔는지 모르겠다며 연신 투덜댔다. 나도 그 이유를 알 수가 없었다. 그리고 경호. 가만, 경호……?

"그런데 왜 경호가 영안실에 나타난 걸까? 나머지 세 명은 선생님들이 임의대로 뽑은 학생 대표였다고 쳐도, 경호는 뭐야?"

내 기억이 맞다면, 경호는 조문도 하지 않고 멀찌감치 서서 머뭇거리기만 했다. 그러곤 잠시 한눈을 판 사이 사라져버렸었다. 준영이 다시 테이블로 돌아오자마자 나는 소리를 높였다.

"경호는 또 왜?"

준영은 컵라면을 테이블에 내려놓으며 물었다.

"경호의 경우는 좀 생뚱맞지 않아? 경호는 학생회 간부도 아니잖아."

"유리와 친했을 수도 있지."

마치 그런 경우의 수를 이미 계산하고 있었다는 듯한 말투였다. 하긴 그럴지도 모른다. 준영이라면 나보다 훨씬 상세한 부분까지 생각하고 이미 정리해 두었을 테니까. 하지만 내가 아는 한 경호는 아니었다.

"아니! 예전에는 그랬을지 몰라도 지금은 아니야! 게다가 경호는 장미반이야."

장미반이 아니더라도, 선생님들은 중간고사와 10월 모의고사를 핑계 대고 학생들의 조문을 금지했다. 동요하지 말라고 했다. 밖에서는 일절 입을 다물라고 다짐을 주었다. 물론 나는 그 말을 애초에 귀담아듣지도 않았다. 그리고 3일 내내 병원을 오갔다.

준영이는 대꾸가 없었다. 내 말을 듣기나 한 건지 나를 쳐다보지 않고, 매점 쪽을 자꾸 힐끗거렸다.

"뭐야? 누구……?"

돌아보니 혜수였다. 혜수는 한손에 컵라면을 들고 있었다. 빈자리를 찾고 있는 듯했다.

"불러?"

준영이가 짧게 물었다.

"내버려 둬."

나는 시큰둥하게 말했다. 그리고 돌아앉았다. 컵라면을 내 앞으로 더 바싹 끌어당겼다. 종이 뚜껑을 열어 컵라면을 풀어 헤쳤다. 그리고 다시 뚜껑을 닫았다.

물론 나는 일부러 무심한 척하는 거였다. 실상은 온 신경이 그리로 뻗대고 있었다. 누군가 뒷머리를 잡아당기고 있는 기분이었다.

결국 나는 오래 견디지 못했다. 돌아보았다. 혜수는 여전히 서 있었다. 나는 벌떡 일어났다.

"지희야!"

준영이 함께 따라 일어섰다. 굵고 듬직한 손이 내 팔목을 잡았다. 나는 뿌리쳤다. 주먹을 꽉 쥐고 혜수에게 다가갔다.

막 자리에 앉으려는 혜수의 앞에 섰다. 나는 늘씬한 키의 혜수 얼굴을 마주 보기 위해 고개를 약간 쳐들어야 했다. 그 애의 오뚝한 콧날이 더 높아 보였다. 혜수는 한걸음 뒤로 물러났다.

혜수의 긴 속눈썹이 파르르 떨렸다. 그즈음이면 왜,라고 물을 만한데도 혜수는 묻지 않았다. 혜수는 창백해진 얼굴로 나의 시선을 피했다. 나는 혜수의 한쪽 팔을 붙잡으며 물었다.

"나한테 할 말 없어?"

나는 벼린 칼날을 감추고 있었다. 여차하면 꺼내 휘두를 참이었다.

"없어."

머뭇거릴 줄 알았던 혜수가 짧게 대꾸했다. 큰 눈을 두어 번 껌벅였다. 일부러 그러는지도 모른다. 그 짧은 말에는, 그리고 그 말을 내뱉는 그 애의 얼굴에는 아무런 감정도 섞여 있지 않았다.

"장례식에는 왜 안 온 거니?"

준영의 말대로 '초대받지 않은 조문객'일망정 혜수는 왔어야 했다. 그게 우리 '삼총사'에 대한 예의였다.

"갔었어."

"언제? 나는 널 본 적이 없어."

"제발 이러지 마. 부탁이야. 나도 힘들어."

혜수는 미간을 심하게 찌푸렸다. 그리고 자리에 앉으려는 듯 옆으로 비켜났다. 하지만 나는 한 번 더 혜수의 앞을 가로막았다.

"너 유리한테 어떻게 이럴 수 있어."

"내가 뭘 어떻게 해야 되는데?"

나의 벼린 날보다 더 새파란 날을 세우며 혜수가 맞받아쳤다. 순간 나는 몸을 떨었다. 그리고 그 떨림은 온몸으로 빠르게 퍼졌다. 이어 그것은 살기와 다를 바 없는 충동으로 변해 버렸다. 결국 벼려 놓은 칼을 꺼내 드는 수밖에. 나는 손을 들어 혜수의 뺨을 거칠게 올려 부쳤다.

큰 키가 무색하게 혜수는 비틀거렸다. 곧 컵라면과 함께 옆으로 풀썩 쓰러졌다. 그 애의 가슴팍 위로 라면이 쏟아졌다. 쏟아진 라면 위에서 김이 모락모락 났다.

"민지희, 이게 무슨 짓이야?"

준영이 달려들어 나를 뒤로 밀쳐냈다. 그러나 나는 두어 걸음 물러났을 뿐, 꼿꼿하게 버티고 섰다. 그리고 소리를 질렀다.

"야아! 씨발, 너……! 정말, 너……."

뭐라고 더 쏟아붓고 싶은데, 그걸로 그만이었다. 입술은 제멋대로 떨렸고, 혓바닥은 오히려 뻣뻣해졌다. 말하려고 버둥거릴수록 화만 더 났다. 더구나 풀어진 라면발을 가슴에 안고서도 저토록 무덤덤한 표정이란! 혜수는 얼굴빛만 약간 창백해졌을 뿐, 라면 국물이 뜨거웠을 텐데도 이맛살만 찌푸리고 있었다.

혜수는 천천히 일어나 제 앞섶에 붙어 있는 라면을 걷어냈다. 그러더니 입을 열었다.

"너…… 그만두자. 네가 모르는 게 있어. 나중에 이야기해."

혜수는 앞으로 흘러내린 머리칼을 위로 쓸어 올리고는 곧 돌아섰다.

"지희야, 그만해."

준영이 나를 이끌었다.

가슴이 심하게 뛰었다. 때린 것은 나였다. 그런데 왜 내가 더 조바심을 내는 걸까?

"뭐라는 거야, 저 계집애!"

한 마디 더 내뱉고 나서야 나는 무수히 많은 아이들의 시선이 내게 꽂혀 있음을 깨달았다.

식당은 환자복을 입은 아이들로 북적거렸다. 제자리로 돌아와 앉았을 때, 웅성거림은 더 커졌다.

준영은 나무젓가락을 쪼개서 나에게 건네주었다. 나는 그것을 받아들고, 컵라면의 뚜껑을 열었다. 국물은 졸아들고, 면발이 퉁퉁 불어 있었다. 나는 젓가락으로 두어 번 휘저었다. 아직도 손이 떨렸다.

"너희 셋, 단짝 아니었니?"

우동 면발 같은 라면을 젓가락에 말아 쥔 채 준영이 물었다. 나는 대답하지 않았다. 시선을 피해 혜수가 걸어 나간 식당 출입구 쪽을 바라보았다.

방금 전에 내가 저지른 일들이 머릿속에 뒤엉켜 있었다. 나는 자신도 모르게 고개를 흔들었다.

"그건 옛날이야기일 뿐이야."

"지금은 아니라고?"

"봤잖아. 혜수는 영안실에도 나타나지 않았어."

"왔다 갔다잖아. 그리고 설사 오지 않았다고 해도, 모의고사와 중간고사, 그게 애들한테는 현실이야."

"쳇! 그렇겠지. 그까짓 시험 때문에……. 그년, 변했어."

"그까짓 것이 아니야. 현실이 유리를 배반한 거지. 혜수도 장미반이잖아."

"자기가 언제부터 장미반이었다고……."

“그게 우리와 장미반 아이들의 다른 점이야.”

“뭐?”

준영을 쏘아보았다. 말끝을 꺾어 올렸다. 그리고 나는 집어 들었던 우동 같은 면발을 다시 컵라면 용기에 쑤셔 박았다.

“혹시 혜수 말대로 네가 모르는 게 있는 건 아니고?”

“내가 뭘?”

준영의 질문이 기분이 나빴다.

“이를테면 유리에 대해서, 혹은 혜수에 대해서라거나, 아니면…….”

“넌 지금 누구 편을 드는 거야?”

짜증이 났다. 제 몸집만큼이나 우직하게 감정의 쏠림이 조금도 없는 녀석, 그리고 이따금 CSI 수사관이라도 빙의한 듯한 말투. 그런데 이럴 때는 내 편을 들어주면 안 되는 걸까?

“편이 어딨어. 내 생각을 말하고 있는 거야.”

“그래서 무슨 말을 하고 싶은 건데?”

“가령, 혜수가 왜 갑자기 성적에 매달리는 아이가 되었을까? 그런 반면에 유리는 왜 갑자기 성적이 그토록 많이 떨어졌을까? 유리의 결벽증은 어디서 온 것이었을까? 기타 등등. 이런 것들에 대해서 진지하게 생각해 본 적이 있느냔 말야.”

“그건…….”

말문이 막혔다. 자신이 없었다. 결국 나는 변명 아닌 변명을 늘어놓아야 했다. 어쩌면 자존심 때문인지도 몰랐다.

"유리한테 물은 적이 있었어."

"유리가 뭐라고 했는데?"

"그냥 웃고 말았어. 괜찮아,라고만 하더라. 자존심을 건드릴까 봐 더는 물을 수 없었어."

"그럼, 결벽증에 대해서는? 왜 그렇게 자주 손을 씻었지? 그리고 향수는?"

"야, 신준영!"

나는 정색을 했다. 하지만 하나씩 조근조근 캐묻고 들어오는 준영의 치밀함에 나는 두 손을 들어야 했다.

"그것 봐. 넌 유리에 대해서 나만큼이나 모르고 있어."

결국 제 무덤을 판 꼴이 되고 말았다. 내가 유리에 대해서 결국 아무것도 아는 게 없다는 걸 스스로 인정한 셈이 되고 말았으니까.

나는 다시 입을 닫았다.

"내가 하고 싶은 말은, 어쩌면 혜수는 우리가 알지 못하는 무언가를 알 수도 있다는 이야기야."

준영이란 녀석, 참으로 용의주도하다는 생각이 들었다. 결국 내가 혜수에게 관심을 갖지 않을 수 없게 만들었다. 어느 새 나는, 그게 뭘까, 하고 머릿속에서 그 질문을 여짓거리고 있었다.

"잘 생각해 봐."

그래. 생각해 보자. 유리는 도대체 왜 뛰어내렸을까? 아니, 거기부터가 아니다. 성적은 왜 그 모양이 되었을까. 그리고 준영의 말대로 결벽증과 향수. 또 있다. 유리가 왜 프린스를 감싸야 했는지. 그 애의 소설 속에도 나오는 프린스.

그러나 생각의 가지는 엉뚱한 곳으로 뻗어 나갔다.

그런데 혜수가 무언가를 알고 있다고? 아니, 그 애가 그랬었지. 내가 모르는 게 있다고. 그건 또 무슨 뜻일까?

작년 이맘때쯤, 교장이 바뀌면서 학교의 분위기가 한층 살벌해졌다. 학교가 곧 '자사고'로 바뀐다는 말이 나돌았다. 그즈음부터 선생들마다 '선행학습'과 '학력제고'라는 말을 입에 달고 살았다. '장미반'이 생긴 것도 이때였고, '주홍글자'가 만들어진 것도 이 무렵이었다.

학교에서는 매달 모의고사를 보았다. 이 성적을 토대로 전교 1등부터 35등까지는 장미반, 36등부터 70등까지는 코스모스반을 채웠다. 나머지는 들꽃반이었다. 결국 한 달에 한 번씩 몇몇의 아이들이 반을 이동했는데, 이것을 담임은 수준별 이동수업이라고 갖다 붙였다. 물론 아주 특별한 경우가 아니면, 앞 반의 하위 등수와 뒷 반의 상위 등수 간에만 일어나는 일이었다. 한동안 그랬다.

그런데 정말 '특별한' 일이 일어났다. 들꽃반이었던 혜수가 장미반으로 옮겨 갔고, 얼마 후 유리는 장미반에서 들꽃반으로 추락했다. 무당벌레처럼 생긴 주홍글자를 받은 것도 그 때문이었다.

아메리카 살모사의 제안으로 시작된 주홍글자 행사는 장미반에서만 벌어지는 행사였다. 성적이 떨어지는 것을 경계하기 위한 것이라나? 사실 늘 코스모스반과 들꽃반만 오갔을 뿐인 나에게는 그리 실감이 나지 않는 일이었다. 그러나 생각해 보니 장미반 아이들에게는 아주 수치스러운 일일 수 있겠다는 생각이 들었다. 장미반에서도 상위권이었던 유리에게는 더욱 그랬을 것이었다.

유리는 5월 모의고사에서 112등이나 떨어졌다. 그리고 석 달이 넘도록 장미반으로 돌아가지 못했다. 그런 반면 혜수는 3학년 초에 코스모스반이 되었다. 그리고 지난 7월에는 장미반으로 올라갔다. 과목별로 백만 원이 넘는 과외를 받았다는 소문이 그 곁을 따랐다. 하지만 소문은 중요하지 않았다. 혜수는 들꽃반에서 장미반으로 들어간 유일한 학생이었다.

그런데 그게 뭐? 기억을 털어낸 나는 스스로에게 물었다. 쉽지가 않았다. 그것으로 무슨 실마리를 찾는단 말인가. 나는 고개를 저었다.

"가자! 8시 10분이야."

준영이 재촉하며 먼저 일어났다.

또다른 진실

"너도 유리 좋아했었지?"

생뚱맞기는. 무심코 튀어나온 말치고는 너무 유치했다. 나는 묻고 나서도 멋쩍었다. 아니나 다를까, 준영은 피식 웃기만 할 뿐 대꾸조차 하지 않았다. 이럴 때는 남자다워 보였다.

나는 오기가 생겼다.

"다 알아, 임마!"

시식잖은 짓을 한 게 분명했다. 그런데도 주둥이는 근질거렸다.

"그럴 수는 없지. 유리한테는 프린스가 있었는데."

"프린스……."

나는 낮은 소리로 그 이름을 우물거렸다.

거기까지였어야 했다. 나는 무슨 생각에서 그다음 말을 뱉어낸 것일까.

"그런데 정말 프린스가 그랬을까? 그 소문 말야."

"네 입으로 그런 소릴 하고 싶니?"

정말로 난 무슨 정신으로 그 말을 입에 담았을까? 준영의 핀잔을 듣고서야 나는 아차, 싶었다. 그런데 자존심일까, 억지일까. 나는 멈추지 않았다. 생각과 입이 따로 놀았다.

"다른 아이도 아니고 프린스잖아. 그 애가 마음만 먹으면 유리 하나쯤은……."

"나한테 무슨 소리를 듣고 싶은 거니?"

준영이 목소리를 높였다. 비로소 정신이 돌아왔다. 미친년! 나는, 내 머리 끄덩이라도 잡아채고 싶었다. 엊그제, 그 소문을 낸 아이들 머리채를 잡아 내동댕이친 것처럼.

유리가 성폭행을 당했다며?

그것 때문에 자살한 거래?

교실 구석에 모여 앉은 아이들이 주고받던 그 말에 나는 대뜸 독기를 품었다. 나는 두 여자 아이의 머리채를 잡았다. 그런 채로 질질 끌고 교실 밖까지 나갔다. 그 아이의 머리채를 놓았을 때, 손안에는 빠진 머리칼이 한 움큼이었다. 아무리 소문이라도 유리가 그렇게 더렵혀져서는 안 된다고 생각했다.

"우리가 영후를 프린스라 부르는 건, 네 말대로 우리 들꽃반 아이들에게 영후는 정말 프린스이기 때문이야."

이번에는 준영이가 한 걸음 앞으로 나서며 말했다. 나는 고개를 끄덕였다. 준영이의 어깨가 듬직해 보였다.

그런데 이 녀석은 내가 좋아하는 걸 알까?

젠장! 이건 또 무슨 잡생각일까. 나는 제풀에 놀라 얼굴이 뜨거워졌다.

나는 한참 동안 말없이 걸었다. 자, 정신 차리자! 알았지? 나는 자신을 타일렀다.

"학주가 텔레비전에 나왔어."

식당 옆의 매점을 지나는데 웅성거리는 아이들 틈에서 그 목소리가 날아왔다.

한 발 앞서 있던 준영이 나를 돌아보았다. 그러고는 내 손을 끌어당겨 아이들 틈으로 들어갔다.

"확실해? 학주 맞아?"

"척 보면 몰라?"

아이들이 쑤군댔다. 화면에는 모자이크에 가려진 누군가의 얼굴이 떠 있었다. 화면 아랫부분에는 '△△고등학교 학생주임 최○○'라고 쓰여 있었다. 옷과 몸집, 화면 뒤쪽의 배경을 구태여 면밀히 살펴보지 않아도 짐작이 가능했다.

학주가 말했다. 목소리가 변조되어 코맹맹이 소리가 났다.

'……게다가 우리나라 학생들은 누구나 입시 스트레스가 크죠. 하지만 그걸 견뎌내야 합니다. 의지가 박약해서는 안 돼요. 그게 없어서 학생들이 자살과 같은 극단적인 선택을 하는 것입니다……'

아직도 학생주임의 목소리가 웅웅 울리는데 준영은 아이들 틈새를 빠져나왔다. 그러면서 하는 말이 이랬다.

"그럴 줄 알았어."

"무슨 말이야? 그럴 줄 알았다니?"

나는 위층으로 오르는 계단 앞에서 준영을 붙잡고 다시 물었다.

"유리가 자살한 이유 말야."

"뭐?"

"입시로 인한 스트레스. 그것을 견뎌내지 못한 나약함. 뭐, 그런 거 아니야? 너무 슬퍼할 것 없어."

"지금 장난해? 네가 학주야?"

"학주든 아니든 너무나 명백하잖아. 유리는 얼마 전까지 장미반이었어. 그러다가 들꽃반으로 떨어졌지. 무척이나 수치스러웠을 거야. 그리고 불안했겠지. 공부 못하는 아이들의 미래는 늘 디스토피아(dystopia)라고 우리는 배웠으니까. 그런데 유리가 어떻게 견디겠어."

"너도 그렇게 믿는다는 거야?"

나는 말을 끊었다. 하지만 준영은 잠시 멈추었다가 말을 이었다.

"생각해 봐. 유리의 어머니 아버지는 모두 성공한 분들이야. 유리도 '엄친딸'이었고. 그런데 하루아침에 엄친딸이 문제아가 된 거야. 게다가 유리가 자살하기 전전날 모의고사가 있었어. 그 결과가 두렵지 않았을까?"

"그건……."

"혹시 다른 이유가 있더라도 이만큼 명확하게 유리의 죽음을 설명할 수 있는 게 있을까? 그리고 무엇보다 선생님들이, 유리의 죽음은 그러해야 한다고 강요하고 있잖아."

그 말을 마치자마자 준영은 교실 문을 열고 한발 먼저 들어섰다.

순간, 무겁디무거운 적막감이 교실 안에서 쏟아져 나왔다. 준영이 주춤거렸다.

얼굴을 교실 안으로 들이밀었을 때, 교단에는 교감이 서 있었다. 앞문 쪽에는 학생주임이 얼굴을 찌푸리며 손가락을 입에 댔다.

교감은 아주 잠깐 말을 멈추었다가 곧 하던 이야기를 계속했다.

"……그래서 특히 유리 양과 같은 반이었던 여러분들께 당부합니다. 우리 학교는 작년에도 서울대학교에 15명이 진학한 명문 사학입니다. 이번 일로 학교의 명예가 실추된다면, 여러분들에게도 크나큰 손해가 아닐 수 없습니다. 그러므로 여러분은 묵묵히 공부에만 전념해 주길 바랍니다. 이상입니다."

그리고 교감은 교단 위에서 내려갔다. 학생주임이 뒤를 따랐다.

하지만 학생주임은 곧 되돌아왔다. 그리고 그때까지 미처 자리로 돌아가지 못한 나와 준영을 향해 말했다.

"늦게 들어온 두 놈. 조금 이따가 학습지도실로 와."

그런 뒤에야 학생주임은 부리나케 교감의 뒤를 따라갔다.

2장

준영,
반지 전쟁

연인의 초상

  어지럽게 널려진 이젤들 틈 사이에서 나는 푸른 셔츠 자락을 발견했다.

"성희니? 승미?"

생각나는 대로 이름이 튀어나왔다.

  하지만 시야를 겹겹이 가로막은 이젤 뒤편의 푸른 셔츠는 아무런 대꾸도 하지 않았다. 어깨를 조금씩 움직였지만, 뒤를 돌아보지는 않았다.

  나는 이젤들 사이를 피해 가까이 다가갔다. 푸른 셔츠는 뜻밖에도 내 이젤 앞에 서 있었다. 그가 누구인지 확인하기 위해 이젤 두 개를 밀쳤을 때, 푸른 셔츠가 돌아보았다.

“미안! 미술실 문이 열려 있었어.”

프린스, 아니 영후였다. 녀석은 어깨를 으쓱해 보였다. 다부진 몸매, 곧고 바른 자세. 그러나 얼굴선은 부드러워서 녀석은 귀공자를 연상케 했다. 유리는, 이런 모습 때문에 프린스를 좋아한 걸까?

“우리, 오랜만이지.”

영후가 웃으며 손을 내밀었다. 희고 긴 손이었다. 하지만 맞잡은 손 안쪽은 차갑고 딱딱했다.

“한동안 학교에 못 나왔다고 들었는데? 아, 그건 그렇고 여긴 무슨 일이야?”

영후가 곱슬머리를 옆으로 쓸어 넘기며 씩 웃었다.

잠시 숨을 가다듬었다. 이런 낯섦은 어쩌면 유리 때문일 것이라 생각했다. 지금은 한없이 맑고 밝아 보이는 영후의 모습. 하지만 그 뒤에는 유리로 인해 수많은 상처와 고민들이 들끓고 있으리라, 나는 지레짐작했다. 그래서 녀석처럼 따라 웃을 수가 없었다.

내가 지나치게 예민한 것인지도 모르겠지만…….

“난 그냥 그랬어. 너도 알잖아. 음, 다른 이야기는 천천히 하기로 하고…….”

딱딱한 내 목소리에 비해 영후의 목소리는 부드러웠다. 이런 걸 친화력이라고 해야 하나?

영후는 말을 하다가 말고 사방을 두리번거렸다. 그런 뒤에 다시 나를 쳐다보고 말했다.

"아, 실은 너를 좀 만나고 싶었어."

"왜지? 나를 만나야 할 특별한 이유가 있는 건가?"

그렇게 말하고 나는 혼자 뻘쭘했다. 무슨 드라마 흉내를 내는 것도 아니고……. 맞다. 나는 긴장하고 있었다.

"응. 부탁할 것도 있고……. 아, 그런데 그보다 먼저 묻고 싶은 게 있는데 물어도 될까?"

"뭔데?"

"다른 게 아니고, 혹시 너도 유리를 좋아했니?"

온화한 말투 뒤에 숨겨진 뼈 있는 질문이랄까. 나긋나긋한 어투라서, 이 직설적 물음에는 어울리지 않았다. 그래서 나는 더 당황했다.

"무슨 말이지?"

"아, 혹시 당황했다면 미안. 지금 갑자기 든 생각이야. 좀 생뚱맞았나? 이거 말야."

그러면서 영후는 이젤 위의 그림을 가리켰다.

이젤 위에는 스케치로 그린 초상화가 놓여 있었다. 선이 또렷하고 분명했다. 대학로 같은 곳에서 화가들이 행인을 상대로 그려 주는 인물화를 닮은 그림이었다.

"내가 그린 그림이 아니야. 이게 왜 내 이젤 위에 걸려 있지?"

얼굴이 후끈거렸다. 몰래 낯 뜨거운 짓을 하다가 들킨 기분이었다.

"그러면 혹시 이 그림의 주인공이 누구인지도 모르겠다는 건 아니지?"

"이건…….."

보고 말고 할 것도 없었다. 유리였다. 희고 넓은 이마, 짙은 눈썹, 날 선 코와 선이 부드러운 입술. 유리였다.

"유리잖아. 난 네가 그린 줄 알았지."

"아니! 난 아니야."

나는 머리를 과장되게 흔들었다.

"그래? 누구 건지 알아?"

"아, 아니! 몰라. 분명 어제까지는 없었던 그림이야. 난 모르는 일이야."

"이상하네. 네가 그린 게 아니라면 누군가 다른 사람이 그려서 네 이젤 위에 올려놓았다는 건가?"

틀림없이 그럴 거였다. 어제 저녁 때까지만 해도 없던 그림이었으니까. 그런데 왜 하필 내 이젤일까. 그 탓에 영후에게 하는 말들이 자꾸만 변명처럼 느껴졌다.

"너, 혹시 여기에 몇 시쯤 들어왔지?"

무슨 추리만화에나 나올 듯한 말투. 긴장감 때문인 듯했다. 쳇! 프린스가 뭐라고!

"20분 전쯤. 3시 전후일 것 같은데. 누가 그렸는지 짚이는 사람 없니?"

영후가 시계를 보며 말했다.

"글쎄……."

미술부 중에서 유리를 알 만한 3학년 아이들은 고작 서너 명뿐이었다. 하지만 그 누구도 유리의 초상화를 그릴 만큼 가까운 아이는 아니었다.

"하긴 너랑 나만 유리를 좋아한 것은 아닐 테니까. 그렇지?"

이건 또 무슨 말일까? 미끼를 던지는 건가. 떠보는 건가. 그 말에 신경이 곤두섰다. 나까지 끌고 들어갈 필요는 없잖아. 그 말이 목구멍에서 들락거렸다. 하지만 입 밖으로 나오지는 않았다.

"그런데 나를 만나러 온 이유는 뭐지?"

나는 화제를 바꾸었다.

"아, 참. 너에게 확인할 게 있어서 왔어. 부탁할 것도 있고."

"그게 뭔데?"

"이것 좀 봐 줄래."

그리고 영후는 서너 번 접혀 있는 흰 종이를 내게 내밀었다.

행운의 편지였다. 내가 어제 받은 것과 같은 내용의 것이었다.

"너도 이걸 받았어?"

"그래. 그런데 그 글씨 말야. 유리 글씨 맞지?"

"전혀 몰랐던 거야?"

"유리의 글씨를 볼 기회는 많지 않았어. 유리의 글씨를 본

건 그 애가 판타지 소설을 썼다며 보여준 습작 노트뿐이었어. 버리려다가 문득 글씨체가 낯익어서……."

"유리 글씨 맞아. 어제 지희에게도 확인했어."

"그럼, 누가 썼을 거라 생각하니? 혹시 유리가 썼다고 생각하는 건 아니지?"

"유리는 아닐 거야."

"너도 누군가가 유리의 글씨를 흉내 내고 있다고 생각하니?"

"아마 그렇겠지."

"그게 누굴까? 혹시 지희는 아닐까? 가장 가까웠던 애가 지희 아니야?"

거칠지는 않았지만, 거침이 없는 말투였다. 내가 지희랑 친하다는 걸 알고 있을 텐데. 영후는 조금도 주저하는 기색을 보이지 않았다.

"아니, 그럴 리는 없어."

"어째서 그런지 물어봐도 될까?"

나는 미간을 찌푸렸다. 겉으로 보기엔 분명 다정다감한 말투. 하지만 제 궁금함을 못 참겠다는 듯 조금도 주저없이 묻고 보는 통에 나는 숨이 가빴다. 그렇다고 녀석에게 밀리기는 싫었다.

"우선 지희는 이렇게 그림을 잘 그리지 않아. 그리고 지희도 이 편지를 보고 몹시 놀랐어. 그것만으로도 지희가 아니라는 것쯤은 알 수 있지 않을까?"

땀을 흘리는 건가. 손이 미끈거렸다. 말투도 빨라졌다.

"역시 너도 나와 같은 생각을 하는구나."

"무슨 말이야?"

"이 그림을 그린 사람과 유리의 글씨체를 흉내 내서 편지를 쓴 사람이 같은 사람일 거라는 생각 말야."

그랬구나. 나는 자신도 모르게 그렇게 말해 버린 것을 깨달았다.

"그런데 너는 왜 지희라고 생각하는 거지? 그럴 만한 특별한 이유라도 있어?"

"엊그제 일 기억 안 나?"

"엊그제라면…… '취조실'?"

취조실로 부르는 3학년 담임들의 학습지도실에서 영후를 만났다. 그리고 혜수도 보았다.

너도 이리 와서 무릎 꿇어.

학생주임이었다. 그가 가리킨 쪽 책상 아래에 영후와 혜수, 그리고 지희가 나란히 무릎을 꿇은 채 앉아 있었다. 나는 지희 옆으로 가서 무릎을 꿇었다.

너희 세 놈! 너희들 말로 '잉여'라 하다지?

비웃었다. 학생주임은 '잉여'를 똑바로 발음했다. 그 '셋'이란 혜수를 뺀 나머지였다.

그리고 혜수에게는 이랬다.

넌 뭐가 아쉬워서 그랬어. 장례식에 가고 싶었으면 담임선생님께 허락을 받았어야지.

나는 또 놀랐다. 혜수는 장례식장에 나타나지 않았었는데, 무슨 말일까. 게다가 영후까지? 언제?

하지만 생각할 틈이 없었다.

특히 이영후 이 새끼. 이젠 유리도 모자라서 혜수까지 꾀었어? 내가 말했지. 유리나 혜수는 너와 근본적으로 다른 아이들이야. 어디서 감히…….

선생님! 제가 부탁한 거예요.

혜수가 급하게 학생주임의 입을 막았다.

나에게는 선문답일 뿐이었다. 학생주임은 재빨리 '셋'에게 화살을 돌렸다.

아무튼 너희들 모두 여기서 반성문 3장씩 쓰고 가.

그리고 학생주임은 A4 용지 한 뭉텅이를 회의용 테이블에 올려놓았다.

시간이 더디고도 빠르게 지났다. 우리 '셋'과 혜수는 서로 아무 말도 하지 않았다. 한참 동안 네 명의 글씨 쓰는 소리가 테이블 위를 톡톡 뛰어다녔다.

혜수가 먼저 일어났다. 반성문을 학생주임 앞으로 내밀었다. 그런 뒤, 혜수는 돌아갔다. 그 애의 굽은 어깨를 학생주임이 두드려 주었다.

그다음은 지희였다. 지희는 작은 얼굴을 곧게 들고 반성문을 내밀었다. 학생주임은 지희를 옆에 세워 두고 꼼꼼히 읽어 갔다. 점점 표정이 일그러졌다. 곧 학생주임은 지희의 반성문을 테이블 위에 던지듯 내려놓았다.

이 자식이 정말 혼나 볼래? 이렇게밖에 못 써?

학생주임은 30센티 자처럼 생긴 막대기로 지희의 반성문을 콕콕 찍었다. 그리고 이어 지희의 옆구리를 쿡쿡 찔렀다. 지희가 미간을 심하게 찌푸렸다.

유리의 죽음은 우리 모두의 책임이라고? 그리고 선생님들이 뭘 숨기고 있다는 거야? 누가 이따위 글을 쓰래? 다시 써!

마침내 학생주임은 지희의 반성문을 구겨서 휴지통에 던져 버렸다.

지희는 다시 터벅터벅 제자리로 돌아왔다. 그리고 잠시도 고개를 들지 않고 다시 써 내려가기 시작했다.

"너는 영안실에 언제 왔었어? 장례식 날은?"

생각을 털어내고 영후에게 물었다.

"그냥 멀리서…… 내가 나타나서 좋을 게 없잖아."

자조적인 투였다. 하지만 그렇다고 기운 빠진 목소리는 아니었다.

"혹시 혜수도 보았니?"

"혜수는 이틀 밤 내내 영안실에서 잤어."

"그럼, 장례식 날은? 그날 학주가 한 말은 뭐지?"

"오후 늦게 내 바이크를 태워 달라고 해서 한강에 데려다 주었어. 유리를 보낸 곳이라고 혜수가 그러던데……."

"그, 그게 정말이야?"

그런데 왜 혜수는 지희에게 사실대로 말하지 않은 걸까? 지희에게 따귀를 맞으면서까지 버틴 이유는 뭘까? 그리고 왜 지희는 혜수를 찾아가 묻지 않았을까? 알지도 못하면서 혜수를 나무랐다는 미안함 때문일까? 아니, 어제 오늘은 왜 아무 말도 없는 거지? 또다시 나는 밑도 끝도 없는 질문으로 머릿속을 가득 채워 놓았다.

잠시 동안 나는 제자리에서 맴을 돌았다. 무얼 해야 좋을지 몰라 공연히 이젤을 바로 세우고, 흐트러진 스케치북을 정리했다.

그러고 있을 때, 영후가 말했다.

"나랑 어딜 좀 같이 가 줄 수 있니?"

"부탁이란 게 그거였어? 하지만 어딜 가야 하는지는 알아야 하지 않겠어?"

흔한 신인배우의 '발연기' 같은 어색한 말투. 말하고 나자 뒷머리가 근지러웠다. 내가 어느새 녀석에게 경쟁심리라도 가지고 있는 건가. 아니면 질투?

"멀지 않아. N전철역 앞이야."

"그런데 꼭 내가 가야 하는 일이야?"

"솔직히 꼭 네가 아니어도 돼."

이런 때, 지희가 있었으면 당장 욕 한마디쯤 했을 테다. 아이, 씨발! 물론 난 그러지는 못했고, 목소리를 높여 묻기만 했다.

"지금 약올리는 거야? 넌 내가……."

넌 내가 우습게 보이니,라고 말할 뻔했다. 다행히 그전에 영후가 대꾸했다.

"기분 나빴다면 미안해. 다만, 너도 유리를 좋아했으니까, 넌 자격이 있어."

영후의 말들이 이젠 비틈하게 느껴졌다. 내가 언제 유리를 좋아했다고! 반복해서 그걸 강조하는 이유는 무얼까.

"유리와 관련되어 있는 일이야? 그 말을 하고 싶은 거니? 그렇다면 모르지만, 네 멋대로 상상하지 마."

모처럼 정색을 했다. 그러자 영후는 씩 웃었다.

"사실 유리에게 약속한 게 있었어. 오늘 그 약속을 지켜야 하는 날이거든."

유리와의 약속이라니? 그게 뭔지 궁금했다. 하지만 난 상해 버린 자존심이 더 먼저였다.

"네가 약속을 지키는 데 내가 꼭 필요한 이유가 뭐지?"

"내가 약속을 지켰다는 걸 보여주고 싶을 뿐이야. 물론 그 약속을 지켜낼 수 있을지는 거기 가 봐야 알겠지만."

무슨 증인이라도 필요하다는 건가? 궁금해졌다. 그럼에도 불구하고 나는 벋댔다. 영후가 나에게도 프린스는 아니니까,

라고 생각하며.

"하지만 둘만의 약속에 내가 가야 할 이유는 없을 거 같은데."

"둘만의……? 넌 마치 내가 유리와 연인 사이라도 된다는 투로 말하는구나?"

"아니야? 우린 그렇게 알고 있었는데."

모두가 그랬다. 지희와 나를 포함해서. 특히 영후는 유리의 소설 속에서, '나의 프린스'였다.

하지만 영후는 피식 웃었다.

"후후. 내가 유리를 좋아했던 건 사실이지만, 유리는 날 좋아하지 않았어."

"유리가 널 좋아하지 않았다고? '프린스'라는 별명을 붙여준 것도 유리인 걸로 아는데?"

묘한 긴장감이 든다. 이번에는 내 쪽에서 영후를 몰아붙이는 모양새라서 그런 듯했다. 나는 말하고 나서 대마(大馬)를 잡은 바둑 기사(碁士)처럼 잠깐 우쭐했다.

"물론 그랬지만, 유리는 내게 마음을 열지는 않았어. 몇 번을 만났고, 또 꽤 많은 이야기를 나누었지만 그뿐이었어. 다만 그 애는 내게 그런 말을 했지. '프린스, 우릴 구원해 줘!'라고 말야."

유리가 죽었기 때문에 발뺌하는 것은 아닐까. '우리의 프린스'가 그럴 리 없다고 생각하면서도 유치한 의심이 빈 머릿속을 자꾸만 채워갔다.

"그렇다면 더더욱 약속을 지킬 필요가 없어진 것 아닐까?"

"그런지도 모르지. 하지만 유리에게 한 약속이기 이전에 나 자신에 대한 약속이야. 그래서 지켜야 해. 내 자존심이 허락지 않아."

영후, 아니 '프린스'다운 말이다. 그렇다면 몰라도. 그래서 궁금해졌다.

"무슨 약속인지 물어봐도 될까?"

"반지를 찾아야 해. 유리의 반지."

"반지?"

또 판타지 소설인가? 유명한 영화 제목이 생각났다. 이어 지희가 보여준 유리의 노트도 떠올랐다.

"얼마 전 싸움에서 졌어. 놈들은 전리품으로 유리의 반지를 가져갔어."

"싸움이라니? 누구랑 싸웠다는 거야? 아니, 그게 유리의 반지였어?"

한꺼번에 물었다. 침착하려던 노력이 수포로 돌아가고 말았다.

"그래. 자기가 좋아하는 애랑 똑같은 반지라더군. 커플링 말야. 꼭 찾아달라고 했어."

"커플링?"

나는 또 한 단어로 되물었다. 아니, 질문이랄 것도 없었다.

반사적으로 튀어나온 말이었으니까.

나는 영후의 손을 보았다. 빈손이었다. 그럼 뭘까? 유리는 정말 영후가 아닌 다른 아이와 연인관계였다는 건가? 그럼, 유리와 커플링을 끼고 있을 그는 누구일까?

"가 줄 수 있니?"

"어? 그, 그래……."

나는 고개를 끄덕였다. 영후는 곧바로 미술실 문을 나섰다. 이것이 영후가 프린스라 불리는 이유인가? 나는 분명히 녀석과 당당히 맞서고 싶었는데, 어느새 끌려가고 있지 않은가.

반지 전쟁

"유리가 도둑질을 했다고?"

얼결에 큰소리로 되물었다. 다행히 쳐다보는 사람은 없었다. 주말 오후인데도 전동차 안은 한산한 편이었다. 내 목소리는 전동차의 덜컹거리는 소음에 금방 묻혀 버렸다.

영후는 내 질문의 대답 대신 주머니에서 무언가를 꺼냈다. 향수였다. 유리가 가지고 다니던 것과 비슷한 모양의 작은 병이었다. 나는 그것을 가로챘다. 그리고 낮은 목소리로 영후를 재촉했다.

"말해 봐. 유리가 정말 물건을 훔쳤어?"

"그래. 그 향수, 유리가 훔친 거야. 아니, 정확히 말하면 훔치려 한 것이지."

훔치려 한 것은 또 무언가? 영후의 말들이 자꾸만 말장난처럼 들리기 시작했다.

그때, 전동차 안내 방송이 흘러나왔다. 이번에 내리실 역은 N역입니다. 내리실 문은 오른쪽입니다.

"우선 내리자."

전동차 문이 열리자 영후는 빠르게 걸었다. 그리고 개찰구 앞에서 계단 쪽을 가리키며 말했다.

"6번 출구로 올라가. 그리로 가면 H자동차 건물이 있을 거야. 그 앞에서 기다려."

"넌?"

"난 화장실에서 옷 좀 갈아입고 갈게. 아, H자동차 건물 맞은편에 대형 팬시점이 있을 거야. 그 향수, 유리가 그 팬시점에서 훔치려 한 거야."

그리고 영후는 반대편으로 걸어갔다.

H자동차 건물은 길모퉁이에 있었다. 도로보다 입구의 위치가 높아서 입구는 여덟 개의 낮은 계단을 올라야 했다. 입구 로비에는 반질반질한 대리석이 깔려 있었는데 올라서 보니 무

대 같다는 생각이 들었다. 계단도 모퉁이를 따라 둥글게 이어져 있어서 더욱 그랬다.

나는 '무대' 위에 올라섰다. 그때 원인 모를 현기증이 일었다. 강한 오후의 햇살 때문만은 아니었다. 길 건너 반대편에 큰 간판이 달린 대형 팬시점 때문이었다. 햇살이 그 건물 위에서 쏟아지고 있었다. 그 역광 속에서 나는 향수를 훔치던 유리의 환영을 보았던 것이다.

나는 무대에서 내려왔다. 다리가 휘청거렸다.

"그래. 바로 저기야."

팬시점을 쳐다보고 있는데 영후가 어깨를 툭 쳤다.

전혀 다른 모습이었다. 붉은색 수건을 머리에 쓰고, 왼쪽 귀에는 작은 이어링까지 달았다. 청색 조끼에 통이 넓은 청바지를 입고 있었다. 한손에는 검은색 헬멧까지!

영후는 손가락이 나온 장갑을 낀 채 내 어깨에 한 손을 올려놓았다.

"저 팬시점에서 나는 수건을 고르고 있었어. 그때 향수 판매대에 있는 유리를 보았지. 유리는 향수를 이것저것 집어 들어보며 무얼 살까 고르는 듯했어. 난 알은체라도 하려고 다가갔지. 그런데 문득 유리가 향수를 주머니 안에 넣는 거야. 나는 깜짝 놀라 제자리에 서 버렸어."

나는 여전히 팬시점을 쳐다보고 있었다.

"그런데 문제는 그다음이었어. 알바생이 그걸 본 모양이야."

“그런 곳에는 CCTV가 있다는 걸 유리가 몰랐을 리 없잖아.”

비로소 나는 대꾸했다.

“그게 나도 궁금해. 아무튼 유리가 출입구 쪽으로 걸어 나가자 알바생이 유리 앞을 가로막더라. 그 순간, 내 머릿속에 유리를 구해야겠다는 생각이 들었어. 나는 바쁜 사람처럼 뛰어가 일부러 유리와 부딪쳤어. 유리가 휘청거리면서 앞으로 넘어졌지. 알바생도 얼결에 뒤로 밀려났어. 그 틈에 나는 유리의 주머니 안에서 다시 향수를 꺼냈지.”

영후의 말 한 마디 한 마디를 머릿속에 그려 보았다. 무슨 영화의 한 장면처럼, 그 말들이 느린 화면으로 머릿속에서 재연되었다. 나는 고개를 끄덕였다.

“그리고…….”

영후는 이어서 말하다가 멈추었다. 그리고 두어 걸음 물러나더니 한 손으로 물구나무를 섰다. 그런 채로 제자리 뛰기를 했다. 동작이 가볍고 날렵해 보였다.

영후는 다시 일어났다. 장갑을 더 꽉 조여 꼈다.

“미안해. 몸을 풀어야 해서. 이야기 계속할까?”

이번에도 나는 고개를 끄덕였다.

“나는 미안하다고 말하고 슬쩍 옆을 빠져나갔어. 곧 알바생이 몸을 추스르며 유리에게 주머니 좀 보자고 하더군. 유리의 얼굴이 금방 백지장처럼 굳어지는 걸 보았어. 당황하는 기색이 역력했지. 유리는 뒷걸음질 쳤어. 그러자 알바생이 다가오며 재빨리 유리의 주머니를 붙잡았어. 물론 아무것도 나올 게 없었지. 이미 내가 꺼냈으니까."

"그랬구나."

내가 당한 일처럼 나는 안도의 숨을 내쉬었다.

"후후. 그다음이 궁금하지 않아?"

"그다음은 뭐지?"

"대담하게도 알바생의 뺨을 휘갈겼지. 사람을 왜 함부로 의심하냐면서. 솔직히 유리가 잘못한 일인데도 내가 왜 속이 그렇게 후련하던지 말야."

"넌 유리를 좋아했으니까."

"부인하지는 않을게. 그런데 말야. 이상한 건……."

"뭔데?"

"유리가 왜 향수를 훔쳤을까? 훔치지 않아도 그 정도의 용돈은 충분히 받을 텐데. 아, 왔어. 쟤들이야."

의문거리를 또 하나 던져 놓는다 싶었는데, 영후는 문득 내 어깨를 툭 쳤다. 그리고 길 한쪽을 가리켰다.

영후가 가리킨 쪽에서 그와 비슷한 차림의 남자 아이들이 걸어오고 있었다. 둘은 이어폰을 한 개씩 나누어 낀 채 건들거렸다. 그 오른쪽 옆의 한 녀석은 입을 양손으로 막고 푸피푸피, 하면서 연신 소리를 만들었다.

"S고등학교 아이들이야. 팀 이름이 '댄스 플라워'래."

"그럼, 싸움이란 건……?"

“댄스 배틀(Dance Battle). 유 노(You Konw)?”

영후가 웃었다. 어설픈 영어는 그 때문에 그럴싸하게 들렸다. 얼결에 나는 고개를 끄덕였다.

새삼스러운 일은 아닐 것이었다. 영후는 랩퍼였고, 춤꾼이었다. 그리고 ‘짱’이었다. 말 그대로 여러 아이들에게는 ‘우리의 프린스’였다.

“저 아이들이 유리의 반지를 빼앗아갔다고?”

“그래. 바로 그날이었지. 향수를 훔치던 날 말야.”

“그랬……어?”

“난 유리가 나올 때까지 기다리고 있었어. 그리고 나를 보더니, 대뜸 ‘너였지?’라고 묻더군. 난 그 애가 자존심이 상할까 봐, 처음엔 머뭇거렸어. 하지만 결국 고개를 끄덕이고 말았어. 그러자 유리가…….”

문득 영후가 말을 끊었다. 그러고는 다가오던 3명의 아이들을 향해 다가갔다.

영후는 그들과 마주 서서 무언가 이야기를 나누었다. 가끔씩 뒤를 돌아보기도 했고, 한번은 나를 가리키기도 했다. 그러더니 셋 중 하나와 하이파이브를 하고 돌아서 내 쪽으로 걸어왔다.

나는 왠지 비장함 같은 게 느껴졌는데, 영후는 오히려 미소를 지어 보였다.

“이걸 맡아 줘.”

영후가 내민 것은 은반지였다. 특별한 장식은 없었고, 머리 부분에 하트 모양이 새겨져 있었다. 링 안쪽에 'H'라는 글자가 선명했다.

"이게 그 반지야? 네가 말했던?"

"응. 내가 빼앗겼던 유리의 반지야. 내가 저 녀석들과 싸워서 지면 다시 돌려줘야 해."

"그런데 이걸 걸고 쟤들과 배틀을 한다고?"

"그래. 내가 결투를 신청한 거야."

"하지만 쟤네들은 셋이고, 넌 혼자야."

"알아. 이제 한 녀석씩 차례로 나와서 가장 자신 있는 기술을 선보일 거야. 내가 그들보다 잘하면 이기는 거야."

영후의 이야기를 들으면서 나는 셋을 쳐다보았다.

셋 중 하나가 빨간 모자를 쓰고 내가 올라섰던 '무대' 위로 올라갔다. 그는 손가락을 두둑 꺾어 소리를 냈다.

"그럼, 지난번에는 네가 저 셋과 싸워 졌기 때문에 반지를 뺏긴 거야?"

"응! 그랬지. 팬시점에서 나와 유리랑 여길 지나면서 향수를 유리에게 주었어. 특별한 뜻은 없으니까 받으라고 했지. 유리는 잠시 머뭇거리다가 받더군. '내가 왜 이러는지 모르겠어'라면서 말야. 그러고 있을 때, 쟤들을 만났어. 즉석 배틀이 이루어졌지."

"배틀은 누가 제안한 거야?"

"쟤들이야. 우리들 사이에서는 그 학교의 일인자가 누구인지 잘 알고 있어. 그리고 그 일인자들을 꺾고 최고가 되려는 욕심이 있었던 거야. 난 안 하려고 했는데, 유리가……. 잠시만! 시작했어."

그리고 영후는 무대로 시선을 돌렸다. 무대 위에는 방금 전 올라갔던 셋 중의 하나가 몸을 풀고 있었다. 녀석은 다른 두 아이들이 틀어 놓은 음악에 따라 현란한 손동작 발동작으로 무대 위를 누볐다. 주위를 돌아보니 사람들이 어느새 경성드 뭇 모여 있었다.

"잘 봐. 저걸 토마스(thomas)라고 해."

"토마스?"

"그래. 기계체조 할 때 안마라는 것 있지? 그걸 응용한 기술인데, 브레이킨(Breakin)의 기본자세 중의 하나야."

나는 무대 위를 바라보았다. 빨간 모자는 양손으로 버티고 앉아 다리를 옆으로 위로 뻗어가며 회전시키고 있었다.

그때 주머니에서 진동이 느껴졌다. 얼른 손을 넣어 휴대전화기를 꺼냈다. 화면에 지희의 전화번호가 찍혀 있었다. 나는 통화 버튼을 눌렀다. 그런데 그때 영후가 나의 어깨를 탁 치면서 나지막하게 소리쳤다.

"세 번! 됐어! 이젠 내 차례야."

얼결에 나는 통화를 차단시켰다.

영후는 무대 위로 올라갔다. 등을 두드려 줄까, 하다가 그만

두었다. 어줍잖고 어색한 짓일 테니까. 대신 나는 무대 앞쪽으로 조금 더 다가갔다.

무대에 오른 영후는 잠깐 동안 호흡을 가다듬는지 고개를 숙인 채 가만히 서 있었다. 그러다가 문득 고개를 쳐드는가 싶더니, 한손으로 땅을 짚었다. 이어 몸을 낮추고 땅 짚은 손을 축으로 원을 크게 그리며 돌았다. 방금 전에 빨간 모자가 한 것처럼 안마, 아니 토마스를 시작했다.

긴 다리가 하늘로 치솟았다가 내려오곤 했다. 다리를 옆으로 돌릴 때에는 바람 소리가 났다. 회전도 빨랐다. 빨간 모자보다 동작이 훨씬 크고 힘차 보였다. 셋, 넷……. 나는 회전수를 세기 시작했다. 열하나, 열둘. 열세 바퀴를 돌고 영후는 멈추었다.

흡! 푸우!

긴장이 풀어지면서 나는 잠시 멈추었던 숨을 터트렸다.

영후는 바지를 툭툭 털더니 일어났다. 주위에 모여 섰던 사람들이 박수를 쳤다. 몇몇은 양쪽 엄지손가락을 들어 보였다. 휴대폰으로 사진을 찍는 사람도 있었다.

영후는 흐트러졌던 수건을 바로 고쳐 쓰며 무대에서 내려왔다.

"이겼어."

영후가 바람결에 날리는 머리칼을 쓸어 올렸다.

"네가 이긴 거야? 어떻게?"

"별거 아니야. 토마스는 회전하는 동안 발을 땅에 대지 않아
야 해. 하지만 아까 빨간 모자는 회전하면서 세 번이나 발을 땅
에 댔어. 하지만 난 한 번도 닿지 않았지. 완벽했어."

영후가 씩 웃었다. 나도 따라 웃어 주었다.

"아까 말야. 유리가……."

"잠깐만. 저 녀석은 터클(tuckle)을 할 거야."

영후가 다시 무대 위를 가리켰다. 무대 위에는 노란 헬멧을
쓴 아이가 올라가고 있었다.

노란 헬멧은 무대에 올라 바닥을 발로 두어 번 쓸어냈다. 그
리고 멈춰 서서 심호흡을 하더니 곧 물구나무를 섰다. 녀석은
곧 손을 이용해 회전을 하기 시작했다. 동작이 점점 빨라졌다.
얼마쯤 지나자 노란 헬멧은 손을 놓았다. 그러다가 중심을 잃
고 쓰러질 즈음이 되자 재빨리 다리를 하늘로 쭉 폈다. 노란 헬
멧은 곧 중심을 잃고 쓰러졌다.

"봤지? 저게 터클이야."

영후가 말했다.

곧 영후는 무대 위로 올라가 방금 전 노란 헬멧이 했던 똑
같은 동작을 시작했다. 시작과 중간은 노란 헬멧과 크게 다르
지 않았다. 다만 그 이후부터 달랐다. 영후는 처음에는 노란
헬멧처럼 양팔을 벌리며 회전했다. 이후에는 팔꿈치로 대여섯
번을 돌았다. 마지막에도 다리를 쭉 뻗고 곧 쓰러지는가 싶더
니 영후는 한쪽 팔꿈치로 몸을 지탱했다. 마지막에는 비스듬

하게 멈추었다.

"우우!"

구경하던 사람들의 탄성이 들려왔다. 엄지손가락을 치켜든 사람들이 방금 전보다 훨씬 많았다.

"이번에도 내가 이겼어. 아까 그 녀석이 한 건 터클이고, 내가 한 건 엘보 스핀(elbow spin)이야. 조금 더 고난도의 기술이야. 이제 한 놈 남았어."

"그때도 이걸 했었다고? 유리가 보는 데서?"

"그래. 춤을 보고 싶다고 했어."

"정말 유리가 그랬어?"

"응. 그래서 저 무대 위에 올라가 몇 가지 동작을 보여주었어. 유리는 내가 한 동작을 할 때마다 박수를 치며 좋아했어. 엄지손가락을 세워 보여주기도 했고. 그때 저 녀석들이 나타난 거야."

"그래서 싸움을 시작한 거야?"

"아까도 말했지만 하고 싶지 않았어. 준비도 되어 있지 않았으니까. 그런데 저 녀석들이 자기 구역이라고 하면서 도전을 받으래. 난 그러고 싶지 않았지만, 유리가 하라고 했어. 내가 이기는 모습을 보고 싶다고."

"그런데 왜 졌지? 난 잘 모르지만, 저 녀석들은 네 상대가 되지 않는 것 같은데."

"난 몰랐는데, 저 바닥에 모래가 깔려 있었어. 아마 저 녀석들이 몰래 뿌려 놓았던 것 같애. 놈들은 아니라고 우기지만, 내가 유리에게 보여줄 때에는 깨끗했었거든. 아무튼 그때는 헤드 스핀(headspin)을 하는데 헬멧이 없어서 머리가 너무 아픈 거야. 그 때문에 지탱할 수가 없었어.”

“그래서 유리의 반지를 내준 거야?”

“놈들이 그걸 원했어. 전리품을 갖고 싶었던 거야.”

“왜 하필 유리의 반지였지?”

“놈들은 유리가 내 여자 친구라고 알고 있었거든. 여자 친구 앞에서 망신을 주고 싶었던 거지. 게다가 놈들은 그 이전까지 나를 한 번도 이겨 본 적이 없었어.”

“그렇다고 유리의 반지를 순순히 준 거야?”

“아니야. 난 반지만은 안 된다고 했어. 그것 때문에 싸움이 날 뻔했지. 하지만 유리가 먼저 반지를 빼줬어. 배틀로 졌으니까, 배틀로 다시 이겨서 찾아달라고 그러더라. 그때 유리가 했던 말이 기억 나.”

“뭐랬는데?”

“꼭 찾아야 된다고. 자기가 가장 사랑하는 사람이 이것과 똑같은 반지를 끼고 있다고 그러더라. 그때의 내 기분 이해할 수 있니?”

“그건 좀…….”

나는 머뭇거렸다. 충분히 이해될 리는 없었다.

“그래. 넌 모를 거야. 아무튼 난 그다음 주에도 졌고, 그다음

주에도 졌어. 그리고 오늘이 온 거야."

"왜 계속 졌지? 넌 충분히 이길 수 있었을 텐데."

"모르겠어. 유리와 약속을 지켜야 한다는 생각은 간절했는데, 유리를 생각할 때마다 가슴이 너무 아팠어. 후후."

후후. 이번에는 그것이 웃음으로 느껴지지 않았다. 미소 속에 분명 쓸쓸함이 묻어 있었다. 무슨 흐느낌처럼 들렸다. 정말 유리를 좋아한 거 맞구나. 나는 속으로 중얼거렸다.

"이제 저 녀석만 이기면 돼."

영후의 말과 함께 무대를 다시 쳐다보았다.

무대 위에서는 이미 노란 티셔츠를 입은 녀석이 현란한 동작을 선보이고 있었다. 앞에서 했던 아이들의 동작을 반복하더니, 로봇 춤 비슷한 동작까지 흉내 내고 있었다.

그때 다시 주머니 속에서 진동이 왔다. 휴대전화를 꺼내 보니 이번에도 지희였다. 하지만 이번에도 통화 버튼을 누르지 못했다. 나는 다시 전화기를 주머니에 넣었다.

"참, 부탁할 게 또 한 가지 있어."

"뭔데?"

나는 짧게 되물었다. 주머니 속에서는 여전히 진동이 느껴졌다. 아까보다 더 길게 이어지고 있었다.

"이 반지를 되찾으면, 지희에게 전해줘."

"지희? 왜 하필 지희지?"

"내가 가지고 있는 것보다는 낫잖아. 지희가 유리랑 가장 친했다며? 어차피 내가 주인은 아닌데 뭐."

"혜수도 있는데……."

"혜수는 장미반이라 그런지 별로 친하지도 않고. 하하, 더 이상 묻지 말고 그렇게 해 줘."

막연한 느낌까지 내가 일일이 알아야 할 필요는 없다. 나는 그즈음에서 입을 닫았다.

나는 무대 위로 올라가는 영후를 말없이 바라보았다.

그때쯤, 다시 주머니에서 전화 진동이 울리고 있었다.

사랑은 없다

영후를 보내고 전화기를 꺼냈다. 그런데 마침 그때 전화벨이 다시 울렸다. 나는 통화 버튼을 눌렀다.

"아이, 씨! 도대체 왜 내 전화를 안 받는 거야!"

지희가 대뜸 짜증을 냈다. 그 목소리가 커서 나는 전화기를 귀에서 잠깐 떼어야 했다.

"미안해. 영후랑 같이 있었어. 그렇지 않아도 전화하려고 했어."

"프린스 말야? 지금까지 같이 있었던 거야? 새꺄! 그런다고 전화를 안 받아?”

“아, 좀 사정이 있었어. 그런데 넌 왜 전화했어?”

“어떻게 해…….”

기세 좋던 목소리가 단번에 꺾였다.

“왜? 무슨 일인데?”

“노트가 없어졌어.”

“노트라니?”

나는 전화기를 오른 손에서 왼손으로 바꿔 들며 물었다.

“유리가 판타지 소설을 쓰던 노트 말야.”

“그거 엊그제도 네가 읽었잖아.”

“그런데 없어졌어. 학습지도실에 불려갔을 때 없어진 것 같
아. 그 이후로 본 적이 없어.”

“그럼, 누가 훔쳐가기라도 했다는 거야?”

잠시 말이 끊겼다. 지희의 낮은 숨소리가 새어나왔다. 나는
침을 삼켰다.

꽤 시간이 지난 뒤에 지희가 먼저 말했다.

“그런데 프린스는 왜 만난 거야?”

“영후가 미술실로 찾아왔었어. 그래서 이야기하고 함께 N역
에 다녀왔어.”

“N역은 왜?”

“그럴 만한 일이 좀 있었어. 아 참! 너한테 줄 게 있어. 지금
좀 학교로 나와.”

“그게 뭔데?”

“유리의 반지와 향수, 그리고 초상화!”

“인마, 뭔 소리를 하는 거야?”

“전부 유리 거야. 반지와 향수는 프린스가 줬고…….”

“도대체 무슨 소리야? 그렇지만 학교는 싫어. 일요일까지 내가 학교에 나가야 돼?”

“어쩔 수 없어. 유리의 초상화는 미술실에 있거든.”

내 말에 지희는 한숨을 내쉬었다. 전화기 속에서 낮은 숨소리가 연거푸 새어 나왔다.

“휴! 알았어. 그러면 교문 앞에서 기다려. 혼자 들어가기 싫단 말야.”

“그럴게. 빨리 와.”

하필이면 학교 정문 앞에 도착한 시간이 해 질 무렵이었다.

노을 때문일까? 빌딩 사이로 떨어지는 해를 비스듬히 받고 있는 다산관이 붉게 타오르는 듯 보였다.

“아…….”

무릎을 쳤다. ‘불의 지옥’. 유리가 자신의 판타지 소설에서 들꽃반 교실이 있는 다산관을 그렇게 불렀었다. 장미반이 쓰는 새 교사는 ‘아이스 랜드’였고, 선생님들은 ‘사제’, 학생들은 ‘전사’ 혹은 ‘기사’, 영후처럼 예체능을 선택했거나, 대학 진학을 포기한 아이들은 ‘집시’라 불렸다.

지희가 보여주었던 그 노트 속의 어떤 구절은 지금도 아주 생생했다.

……노 멘스 힐에서 가장 비참한 일은 귀족 전사들의 낙원인 아이스 랜드에서 버려진 전사들의 황무지인 불의 지옥으로 떨어지는 일이었다.

천민 전사들의 영지를 불의 지옥이라 부르는 데에는 그만한 이유가 있었다.

여름이 되면, 태양은 얇은 슬레이트 지붕과 겨우 두 겹 벽돌로 쌓은 벽을 단숨에 녹여 버릴 듯한 기세로 내리쬐었다. 그럴 때는 가만히 앉아 있어도 땀이 흘렀다. 숨이 턱턱 막혔다. 전사들은 해가 질 때만 기다렸지만, 웬만해서는 밤에도 낮 동안의 열기가 식지 않았다. 게다가 밤에는 해충까지 들끓었다. 창문을 열어 놓을 수도, 닫을 수도 없는 노릇이었다.

그 때문인지 불의 지옥에 사는 전사들은 여름 내내 악몽을 꾸었다. 전투에 패하고 화형을 당하는 꿈, 정체를 알 수 없는 벌레에 물려 그 벌레와 같은 벌레로 변하는 꿈……. 겨우 꿈에서 깨어나도 꿈과 다르지 않은 일상이 반복되었다.

불의 지옥에서는 조금의 실수도 용납되지 않았다. 단 한 번의 실수로 유배되거나 격리되는 일이 허다했다. 그것은 사제들이 불의 지옥 전사들에 대해 불신이 깊은 탓이었다. 불의 지옥에 거주한다는 것 자체가 나쁜 성품을 증명하는 것이라 했다. 머리도 나쁠 것이라 믿었고, 자주 때려야 말을 잘 듣는 종족이라 생각했다. 그러므로 단 한 번을 잘못해도 가혹한 처분이 내려졌다.

…….

사제들은 전사들을 자주 테스트했다. 그것으로 전사들의 모든 것을 판단했다. 테스트의 결과는 똑똑하고 어리석음의 기준이 되었고, 심지어 선과 악은 물론 인간성을 판별하는 도구로 활용되었다. 물론 테스트의 결과가 좋은 쪽이 선이고 정의였으며, 그렇지 않은 쪽이 악인 동시에 불의였다.

안타깝지만, 사제들의 말은 어느 정도 옳았다. 노 멘스 힐 바깥 세상도 노 멘스 힐과 비슷한 구조를 갖고 있어서였다. 노 멘스 힐의 외계(外界) 역시 한 번의 테스트로 그의 평생의 운명이 좌우되곤 했다. 그런 이유로 사제들은 테스트를 맹신했고, 더욱 자주 전사들을 테스트했다. 물론 아이스 랜드의 전사이든, 불의 지옥의 전사이든 그들의 테스트를 피할 수가 없었다.

그 때문에 수백 명의 전사들이 매달 이 테스트에 목숨을 걸었다. 그들은 거의 매일 밤을 새다시피 했고, 간혹 잠을 줄이기 위해 약물을 복용하는 전사들도 있었다. 뿐만 아니라, 어떤 전사들은 밤마다 주술사를 찾아 떠돌았고, 그중 일부는 이름난 마법사를 고용하기도 했다.

…….

다만 사제들의 테스트를 간단히 무시해 버리는 무리들이 있긴 했다. 그들을 집시라 불렀다. 그들은 사제들의 테스트만이 바깥 세상으로 나가 독립전사가 되는 길이 아님을 증명하려 애썼다.

아, 집시들이여.

집시들의 목표는 테스트를 통과해 바깥 영지로 나가는 것이 아니었다. 그들은 자유를 원했고, 그래서 종종 사제들의 규율에서 일탈했다. 그때마다 사제들은 무거운 벌칙을 주었다. 하지만 사제들의 벌칙은, 그들을 다시 성실한 전사로 만드는 게 목적이 아니었다. 사제들은 다만 집시들이 다른 전사들의 충성과 학습에 방해되지 않도록 격리하고 분리해 내는 것이 목적일 뿐이었다.

자유는 아주 오래전부터 노 멘스 힐의 금기였다. 사제들이 집시들을 싫어하는 이유는 집시들이 바로 그 금기를 깨고 일탈하기 때문이었다. 또한 그런 집시의 행동이 몇몇 다른 전사들에게 전염되는 것이 두려워서였다. 집시는 노 멘스 힐을 위협하는 바이러스일 뿐이었다.

또 하나의 금기는 사랑이었다. 사제들은 종종 말했다.

'그것은 지금 우리에게 가장 악랄한 마음의 병이다. 그것은 전사들의 사기를 떨어뜨리고, 끝내는 자신을 파멸에 이르게 하는 기생수(寄生樹)이며, 치유되지 않는 전염병이다. 그러므로 경고한다. 이 전염병을 퍼트리는 자는 혹독한 대가를 치르게 될 것이다. 아이스 랜드를 좀먹는 벌레와 같은 존재가 되고 말 것이다!'

그럼에도 불구하고 집시들은 자유를 원했고 사랑을 나누었다. 프린스는 우리에게 자유를 전했으며, 사제들의 위협에도 불구하고 사랑을 약속했다.

아, 나의 프린스는 거기에 있었다. 불의 지옥에. 사제들이 버려진 땅으로 치부했던 불의 지옥에. 혹 운명은 아닐까. 내가 주홍글자를 받는 순간부터 정해진 운명. 어쩌면 나는 프린스를 사랑하도록 처음부터 정해져 있던 것은 아닐까?

나의 목에 주홍글자를 걸고, 불의 지옥으로 유배시킨 하데스 사제에게 어쩌면 고마워해야 하는 것은 아닐까. 혹독한 명령으로, 오로지 복종만을 강요하는, 조금도 인정을 베풀 줄 모르는 하데스 사제. 그는 나에게 또 어떤 가혹한 명령을 내릴까.

하지만 두렵지 않다. 나의 프린스가 있으니까. 아아, 나의 프린스. 그가 나를 구해 줄 것이다. 그는 심장이 온전한 프로메테우스가 될 것이다…….

미심쩍었다. 아귀가 맞지 않는 느낌이었다.

냉정하게 따져보자. 유치하기 이를 데 없는 소설이지 않은가. 뻔한 비유와 과장, 자의적인 상징들, 편견. 현실성도 없는 전개.

그럼에도 판단이 서질 않았다. 유리가 프린스를 좋아하지 않았다면, 왜 유리는 프린스를 좋아한 것처럼 썼을까? 단지 소설이기 때문에? 아무리 그래도, 나의 프린스라니! 그게 그렇게 쉽게 할 수 있는 말은 아닐 텐데…….

"너도 그렇게 생각하지?"

언제부터 옆에 와 있었던 것일까? 지희가 말했다.

"뭘?"

"저 건물 말야. 지금 보니까……."

"불의 지옥이라는 이름이 잘 어울리는 것 같아. 유리가 자기 소설 노트에서 그렇게 말했지."

유리의 소설에서 가장 인상적이었던 비유. 노을이 질 때면, 다산관은 주위의 나무들과 함께 정말로 불타오르는 듯한 느낌을 주었다. 지희의 말끝을 받아 내가 말을 이었다.

"나도 그 말을 하고 싶었어."

"그랬구나. 난 평소엔 유배지 같다는 생각을 했는데……."

"다산 정약용의 유배지? 다산관이란 이름 때문에?"

"유리에겐 다산관이 유배지였을 거야."

지희가 고개를 끄덕였다. 지희의 눈이 슬퍼 보였다. 다른 때에는 작지만 매서워 보였다. 덩치는 작아도 모질고 당돌한 녀석이었다. 성질이 급한 게 흠이었고, 남자인 나보다 다혈이었다. 하지만 나는 알고 있었다. 그것이 딴에는 불의를 보면 못 참는 성격 때문이란 걸. 뒤로 묶은 은빛 나비 모양의 머리핀이 햇살을 받아 빛났다.

다산관은 아까보다 더욱 붉게 물들어 있었다.

말없이 걸었다. 내가 먼저 교실 쪽을 향해 걸었고, 지희가 따라왔다. 우리 둘의 그림자가 옆으로 길게 늘어졌다.

"그런데 그 노트를 누가 가져갔을까? 그게 그렇게 필요한 사람이 누구였을까?"

지희가 따라오면서 혼잣말처럼 중얼거렸다.

"잘 생각해 봐. 지금 시점에서 유리의 노트가 필요하다면 어떤 용도에서일지."

"뭘 알고 있다는 투의 말이구나."

"그런 건 아니야. 노트를 가져갔다면, 내가 생각건대 두 경우 중의 하나가 아닐까?"

"두 경우?"

"그래. 너처럼 유리와 친해서 꼭 간직하고 싶은 사람, 아니면 그 노트가 다른 어떤 목적에 의해서 필요한 사람!"

스스로의 생각에도 명료한 대답이었다. 그런데 그 말이 또 다른 질문을 낳았다.

"다른 목적이 뭐지?"

"그건 나도 아직은 알 수 없어."

"쳇!"

지희는 걸음을 빨리 했다.

"그런데 아까 말한 건 뭐야? 반지와 향수? 그리고 유리의 초상화?"

지희가 내 옆으로 바싹 다가오며 다시 물었다. 나는 걸음을 멈추었다. 주머니에서 향수를 먼저 꺼냈다.

"유리가 팬시점에서 훔친 거래."

"뭐? 훔쳐?"

향수를 받으며 지희가 물었다. 나는 영후에게 들은 대로, 유리가 프린스의 도움으로 위기를 모면했다는 이야기를 곁들었다.

이야기를 다 듣고 난 지희는 어이없어 했다. 나는 이어서 반지를 내밀었다.

"그리고 이것 받아."

"반지……?"

"그래. 유리의 반지. 커플링이라던데."

"커플링이라니?"

"말 그대로야. 유리가 사랑하는 사람이 그것과 똑같은 반지를 끼고 있다는 뜻이지."

그리고 이번에도 영후가 했던 말을 들려주었다. 댄스 배틀을 벌인 이야기도 해 주었다. 그러자 말투가 더 거칠어졌다.

"지랄하네! 프린스 그 새끼 완전 소설 쓰고 있는 거 아니야?"

기도 안 찬다는 듯. 거친 말투가 튀어나왔다. 나는 대꾸하지 않았다. 공연히 임자도 없는 욕설을 또 듣게 될지도 모르니까.

나는 다시 다산관 쪽으로 걷기 시작했다. 하지만 네댓 걸음만에 지희가 쫓아와 또 물었다.

"너는 프린스의 말을 믿는 거야?"

"안 믿으면?"

"아무리 그래도 유리가 도둑질에, 무슨 커플링까지…… 유

리가 무슨 날라리야? 걔가 그런 애가 아니란 건 너도 잘 알
잖아.”

물론 안다. 그래서 지금 일어나고 있는 일들, 하나씩 의문만
더해 가는 이런 일들이 이해가 되지 않는 것이다.

“아 참, 한 가지 더 있어.”

“또? 그게 뭔데?”

“프린스도 유리의 필체로 된 행운의 편지를 받았다고 하더
라.”

“그거야 뭐…….”

“그런데 프린스는 그걸 네가 썼을지도 모른다고 생각하고
있어.”

“뭐? 그 새끼가 프린스라고 불러주니까, 간이 배 바깥으로
나왔나? 그 새끼 전화번호 뭐야?”

지희는 정말 전화라도 걸 것처럼 휴대전화기를 꺼냈다. 하지
만 나는 무시하고 앞서 걸었다. 그러면서 말했다.

“걱정 마. 절대 네가 한 짓은 아닐 거라고 말했으니까.”

그렇게 말하면 될 줄 알았다. 하긴 그랬다. 몇 걸음 걷는 동
안, 지희는 더 이상 보채지 않았다.

그런데 뒤가 허전했다. 돌아보니 지희가 걸음을 멈춘 채로
먼 산을 바라보고 있었다. 나는 두어 걸음 다시 돌아와 물었다.

“왜 그러고 있어?”

“준영아. 네가 그랬지? 두 가지의 경우 말야. 누군가 유리

의 흉내를 내고 있거나 아니면 유리가 살아 있거나 둘 중의 하나라고."

"아, 그건 그냥…… ."

"아니야. 자꾸만 유리가 살아 있다는 느낌이 들어."

"지희야!"

"알아. 내 손으로 그 애의 뼛가루를 만졌어. 그리고 강에 뿌렸어. 그런데, 그런데 말야……."

가끔씩 왜 이럴까. 감정의 변화가 너무나 갑작스러워 당혹스러울 때가 있다. 여자애라서 그런가? 하긴 이렇게 말하면 지희는 남자애들의 편견이라고 몰아세울 테다. 입을 다무는 게 낫겠다 싶었다. 좀 더 침착해져야 한다. 나는 스스로를 다독거렸다.

나는 아무 말 없이 지희의 팔목을 잡았다.

긴 복도를 지나, 3층까지 계단을 한달음에 올랐다. 숨이 찼지만 멈추지 않았다. 미술실이 가까워 올수록 걸음은 더 빨라졌다. 내 의지가 아니었다. 뒤를 바싹 쫓고 있는 땅거미 때문도 아니었다. 무언가가 등을 떠미는 기분이랄까. 지희보다 내가 서두르고 있었다.

그런데 이상했다. 열쇠를 꺼내려는데 미술실 문이 한 뼘쯤 열려 있었다. 프린스와 나갈 때 잠갔던 기억이 분명히 났다.

누가 왔나? 고개를 갸웃거렸다. 안으로 들어섰다. 하지만 미술실 안에는 아무도 없었다. 그사이에 누군가 왔다가 잊고 간 것이라 생각하고 말았다.

"이리 와 봐."

나는 서둘러 내 이젤이 있는 곳으로 걸어갔다. 서두르는 바람에 이젤을 두 개나 넘어뜨리고 말았다. 교실 두 개를 터서 만든 미술실 안이 쩌렁쩌렁 울렸다. 하지만 나는 이젤을 일으켜 세울 생각도 않고 내 이젤을 찾았다.

"놀라지 마. 유리의 얼굴……."

뒤따라온 지희에게 말했지만, 정작 놀란 것은 나였다. 나는 입을 닫고 말았다. 눈앞이 아찔했다.

채색이 되어 있었다. 프린스와 함께 그림을 볼 때만 해도 스케치뿐이었다. 그런 그림에 색이 선명하게 칠해져 있었다.

"유……리네. 네가 그린 거야?"

지희가 물었다. 나는 대답하지 못했다. 주위를 두리번거렸다. 이젤 옆에 물통이 놓여 있었다. 내가 놓고 간 것은 아니었다.

"준영아, 불 좀 켜 봐. 자세히 좀 봐야겠어."

그러고 보니 급한 마음에 미술실 전등도 켜지 않은 채였다. 그러나 전등을 켜러 가는 대신 나는 지희에게 말했다.

"누가 왔다 갔어."

"무슨 소리를 하는 거야?"

"이 그림, 내가 그린 게 아니야. 그리고 아까 낮에는 스케치만 되어 있었어. 색이 칠해져 있지 않았단 말야. 그런데……."

한 번 더 놀랐다. 이상한 생각에 무심코 그림을 만져본 나는 손을 떨었다. 물감이 덜 말라 있었다. 나는 말을 끊고 옆에 놓여 있던 팔레트를 들어올렸다. 그리고 붓을 만져 보았다. 촉촉하게 젖어 있었다.

그 와중에 지희가 재촉했다.

"준영아, 여기 전등 스위치 어디에 있지?"

답답했나 보다. 지희가 내 어깨를 흔들며 물었다.

"뒷문 쪽에."

그리고 나는 그림을 다시 한 번 만져 보았다.

바로 그때였다. 우당탕하는 소리와 함께 뒷문이 벌컥 열렸다. 그리고 누군가가 급히 달려 나가는 모습이 보였다.

"엄마야!"

지희의 비명 소리가 뒤미처 들려왔다.

"누, 누구야?"

너무 놀란 나머지 목소리가 크게 나오지 않았다. 몸만 반사적으로 뒷문 쪽을 향해 움직였다. 이젤 몇 개가 넘어졌다. 하지만 그것을 추스르고 나서도 나는 머뭇거려야 했다. 누군가가 나가면서 일부러 이젤들을 쓰러뜨려 놓았기 때문이었다.

나는 겨우 이젤들 사이를 건너뛰고 밀쳐내면서 뒷문을 열고 나갔다. 그제야 복도 끝에 짙은 청색 셔츠 자락이 보였다가 곧 사라졌다. 나는 몇 걸음 달려가다가 멈추었다.

나는 더 따라가지 않았다. 미술실로 되돌아왔다. 지희가 겁정이 되어서였다.

"지희야, 괜찮니?"

소리를 치며 미술실 문을 열었는데, 뜻밖에도 지희는 유리의 초상화 앞에 서 있었다. 나는 전등을 켰다.

"똑같아."

"놀라지 않았어?"

나는 숨을 몰아쉬며 지희에게 다가가 물었다. 하지만 지희는 그림을 쳐다보며 엉뚱한 소리만 했다.

"누가 그렸을까?"

"글쎄, 나도 잘 모르겠어. 일단 내일 미술부 아이들을 만나서 물어볼 참이야."

"그런데 지금 여기서 나간 애는 누구야? 얼굴 봤어?"

기껏 대꾸했더니, 지희는 그새에 다른 걸 묻고 있었다. 무슨 선문답도 아니고.

"아니, 못 봤어."

"남자애야, 여자애야?"

"글쎄, 그건……."

그것도 분명하지 않았다. 막 귀퉁이를 돌아서는 모습만 보았는데 그것만으로는 알 수가 없었다.

"그럼, 그 남자아이겠지."

"남자아이? 왜?"

"글쎄. 아마도 유리가 사랑했다는 그 애가 아닐까? 이 반지의 또 다른 주인공 말야."

지희는 어느새 반지를 꺼내 만지작거리고 있었다.

나는 솔직히 판단이 서질 않았다. 혼란스럽고 놀라울 뿐이었다.

"가자. 무서워."

지희가 말했다. 그러면서 내 팔을 잡아당겼다.

나는 미술실을 대충 정리하고 전등까지 끈 다음 미술실을 나왔다.

복도 끝에 다다랐을 무렵, 지희가 문득 입을 열었다.

"그런데 왜 하필 미술실이야? 그것도 네 이젤 위에? 그건 무슨 뜻일까?"

그러고 보니 그랬다. 왜 하필 여기서 유리의 그림을 그렸을까? 그리고 왜 내 이젤을 썼을까? 나는 등줄기가 서늘해졌다.

"잠깐만!"

계단 앞에서 문득 지희는 방향을 바꾸었다. 아래가 아니라 윗층으로 올라갔다.

"어딜 가는 거야?"

"확인할 게 있어."

지희는 뒤도 돌아보지 않고 말했다. 그리고 4층으로 올라가 1교사 쪽으로 가는 구름다리를 건넜다. 장미반 교실이 있는 쪽이었다. 나는 지희의 뒤를 바싹 따라갔다.

장미반 교실에는 불이 환하게 켜져 있었다. 지희는 다짜고짜 장미반 교실 문을 확 열어젖혔다. 그리고 성큼성큼 책상 사이를 헤쳐 갔다. 지희는 곧 혜수 앞에서 멈춰 섰다.

"지독한 계집애. 이럴 줄 알았어."

그러자 혜수는 잠시 지희를 올라다보더니 이내 고개를 숙이고 다시 책을 보았다. 그러나 다음 순간, 지희가 혜수의 머리카락을 틀어잡았다.

"너지? 네가 그랬지?"

다들 힐끔거리며 쳐다보았다. 웅성거렸다. 정작 혜수는, 머리채를 붙잡힌 채 지희를 노려볼 뿐 아무 말도 하지 않았다.

나는 얼른 지희의 팔을 잡아끌었다.

3장

학생주임,
수요일의 반란

그녀를 기억하라

꼭 그러려던 것은 아니었는데, 나도 모르게 시선이 그리로 갔다. 들꽃 1반 교실 앞쪽의 화단. 그 사이의 빨간 벽돌 길. 이름이 유리라고 했던가? 그 아이가 뛰어내린 곳이다. 그날 이후로 아이들은 물론이고 선생님들도 그 길로 지나다니길 꺼렸다. 하긴 나부터도 그랬으니까.

나쁜 기억은 오래가는 법이다. 어쨌든 빨리 잊히기를 기다리는 수밖에. 나는 억지로 시선을 돌렸다. 마침 4교시를 마치는 종소리가 울렸다.

잠깐 사이, 웅성거림이 여기저기서 들려오기 시작했다.

나는 몸을 돌려세웠다. 체육관 쪽으로 방향을 잡았다. 어제는 들꽃반 교실부터 돌아보았다. 매일 똑같은 코스로 순찰을 해서는 안 된다. 이동 경로를 바꾸고, 시간도 달라야 한다. 그 렇게 하지 않으면 놈들은 내가 지나기를 기다렸다가 담배를 피울 것이고, 싸움질을 할 것이다. 혹은 휴대전화나 태블릿 PC 로 야동을 보는 놈도 있겠지. 간혹 체육관 뒤편이나 옥상에서 는 어떤 녀석이 폭력을 휘두르고 있을지도 모르는 일.

그런데 이 짓을 꼭 해야 하는 걸까? 교장이 바뀌면서 더 극 성스러워졌다. 곧 자사고로 전환된다는 소문이 정말인가 보다. '학교의 이미지 쇄신을 위해서라도 우리 학교에서는 불량 학 생이나, 그 아이들로 인한 불미한 일이 생기지 않도록 각별히 신경 써 주세요.' 교장은, 나를 무슨 치매 환자로 여기는 건가. 2주에 한 번 있는 간부교사 회의 때마다 똑같은 말을 반복하 고 있으니까 말이다.

휴! 나는 숨을 길게 내쉬고 다산관을 돌아 체육관 쪽으로 방 향을 틀었다. 바로 그즈음이었다. 경쾌한 차임벨 소리가 들렸 다. 이어 앳된 여자아이의 목소리가 흘러나왔다.

'안녕하십니까. 여기는 믿음과 정의의 소리, △△고등학교 방송반입니다. 지금부터 9월 30일 점심 방송을 시작하겠습 니다. 오늘은 학우 여러분의 신청곡으로 꾸미는 날입니다. 첫 번째 신청곡은 자전거 탄 풍경이 부르는 〈너에게 난, 나에게 넌〉입니다.'

따사로운 햇살, 파란 하늘, 그 하늘로 은은하게 퍼져 가는 잔잔한 음악. ……너에게 난 해 질 녘 노을처럼 한 편의 아름다운 추억이 되고 소중했던 우리 푸르던 날을 기억하며…… 평온했다. 진작 이랬어야 했다. 아무 일 없어야 한다. 적어도 아이들에게 무슨 일이 있어서는 안 된다. 내가 책임져야 할 만한 일이 생기면 피곤한 일이니까. 성과급, 특별수당, 보직수당이 한 방에 날아갈 수도 있다. 조심, 또 조심!

나는 어깨를 펴고 더 빨리 체육관 쪽으로 걸었다.

바로 그때였다. 음악 소리가 갑자기 잦아들더니 방금 전 여자아이의 목소리가 끼어들었다.

'지금 듣고 계신 이 곡은 이름을 밝히지 않은 학우가 신청한 곡입니다. 이 곡이 얼마 전 우리의 곁을 떠난 임유리 양이 가장 좋아하던 곡이라며, 이런 제의를 해 왔네요. 그대로 읽어드리겠습니다. ……학우 여러분, 우리는 친구가 아주 먼 곳으로 떠났음에도 불구하고 제대로 된 작별인사도 하지 못했습니다. 그래서 임유리 양을 추모하는 작은 이벤트를 제안합니다. 내일 임유리 양이 떨어졌던 그곳에 꽃을 바칩시다. 집에서 가져오든 등굣길에 꺾어 오든 시든 꽃 한 송이씩이라도 임유리 양이 떨어졌던 곳에 놓아 주십시오……. 계속 음악 들을게요. 우리 학우들끼리 너에게 나는, 그리고 나에게 너는 어떤 의미인지 생각해 보아요.'

걸으면서 듣던 나는 잠시 정신줄을 놓아 버렸다. 얼결에 그 아이의 말에 고개를 끄덕이고 말았다. 실제로 자살한 아이의 운구는 아이들이 등교하지 않는 새벽에 잠시 교문 안으로 들어왔다가 서둘러 나가 버렸다. 말하자면 몰래 노제를 치른 것이다. 아이들도 주변 사람들도 모르게. 내가 그렇게 하자고 교감에게 말했다. 곧 중간고사와 모의고사가 있고, 무엇보다 이런 일이 주변에 알려져서 좋을 게 없지 않느냐고.

그런데 지금 내가 무슨 짓을 하고 있는 것일까? 퍼뜩 정신이 돌아왔다. 나는 뒤로 돌아 냅다 뛰기 시작했다. 방송실을 향해 달렸다.

'어떤 미친 놈이야!'

욕설이 저절로 나왔다.

본관 건물로 뛰어들어 가면서 아이들과 여러 번 부딪쳤다. 모퉁이에서 부딪친 여자아이는 아예 뒤로 나동그라졌다. 비명을 질렀지만, 신경 쓸 여유가 없었다.

나는 복도를 뛰며 비켜,를 연발했다. 아이들이 놀란 표정을 지으며 복도 가장자리로 하나둘 물러났다.

방송실 문을 열어젖혔다.

'ON AIR'

들어서자마자 부스 출입구 위에 붉은 글자가 눈에 들어왔다. 그것이 나의 신경을 더욱 자극했다.

나는 부스 안으로 들어갔다. 두 명의 여자아이가 놀란 표정을 지었다. 일단 두 아이가 머리에 쓰고 있던 헤드셋부터 벗겼다.

“마이크 꺼! 방송 그만해.”

아이들이 꺅, 소리를 지르며 일어났다. 얼굴이 창백해졌다.

삐이이익!

찢어질 듯한 소리가 들렸다. 부스 밖에 있던 한 남자아이가 얼른 마이크를 껐다. 소리가 멎었다. 빌어먹을! 자꾸 욕이 나왔다. 하지만 음악 소리만은 멈추지 않고 있었다.

바깥에 있던 아이들 몇몇도 어쩔 줄 모르겠다는 표정으로 부스 안을 기웃거렸다. 나는 그 아이들을 향해서도 소리쳤다.

“뭘 보고 있어. 끄라는 말 안 들려? 방송 그만하란 말야.”

나는 마이크를 팽개치고 밖으로 달려 나갔다. 그제야 내 말을 알아들은 듯 남학생 하나가 기계 앞에 서더니 이곳저곳의 스위치를 내렸다.

음악 소리가 멎었다.

나는 부스 안에 있던 여자아이를 향해 소리쳤다.

“너 방금 전에 읽은 그거 가져와.”

한 아이가 원고 뭉치를 들고 왔다. 지금 보니 초록색 명찰을 달았다. 1학년 아이였다.

“이거 어디서 났어? 누가 이런 걸 방송하라고 시켰어? 누구야?”

종이 뭉치를 아이의 얼굴에 들이밀며 다그쳤다. 아이는 잔뜩 겁을 먹고 있었다.

“선생님, 그건 방송 신청함에 들어 있었던 건데요.”

“방송 신청함? 그게 뭐야? 그건 어딨어?”

“우리 학교 홈페이지에요. 저희 방송반 게시판이 따로 있어요. 한 주 동안 신청곡과 사연을 받아 화요일 점심시간에 틀어주는 거예요.”

“시끄러! 그따위 소리는 집어치우고 누가 쓴 건지만 말해.”

“그건 몰라요. 우린 아이디랑 닉네임밖에는…….”

“아이디? 닉네임? 닉네임이 뭔데? 이거 보낸 놈 닉네임이 뭐냐고?”

“여기…… ‘나의 사랑 프린스’요.”

한 아이가 원고의 한쪽 귀퉁이를 손으로 짚으며 말했다.

“뭐? ‘나의 사랑 프린스’라고? 놀고 있네. 찾아! 이 새끼가 누군지 찾으란 말야.”

“저희들은 개인정보를 볼 수가 없…….”

그때, 방송실 문이 벌컥 열렸다.

“어떻게 된 거야? 왜 갑자기 방송이 중단됐지?”

방송반 담당인 진성규 선생이었다. 허름한 감청색 자켓이 눈에 거슬렸다. 그는 가능한 정장을 입고 출근하라는 교감 선생님의 말을 오늘도 어기고 있었다.

대꾸는 내가 했다.

“진 선생. 애들을 도대체 어떻게 관리하는 겁니까?”

“어? 최우진 선생님께서는 여기에 웬일이죠?”

어라? 이 자식, ‘학생주임’이란 직급은 빼 먹고 이름을 부르다니. 그래서 내 목소리는 더욱 커졌다.

"웬일이냐구요? 방금 전 방송 못 들었습니까? 그런 돼먹지 않은 방송을 하는데 그냥 놔두란 말입니까?"

"대체 방송 내용이 어떻다고 그러시는지요?"

"뭐요? 정말 못 들었단 말이요? 이런 걸 떠벌이는데도 못 들었다니, 말이 돼요?"

나는 원고 뭉치를 진 선생 앞으로 내밀었다. 그러나 진 선생은 그것을 읽을 생각도 안 하고 오히려 똑바로 대들었다.

"저는 주임 선생님께서 왜 화를 내시는지 알 수가 없네요. 아무리 아이들이 하는 일이라도 지켜 주실 건 지켜 주셔야죠. 더구나 방송반 담당은 저입니다. 방송을 중단시킬 일이라면 저와 상의를 하셨어야죠."

갈수록 태산이다. 헛웃음이 나왔다.

"뭐라구요? 지금 매우 불순한 몇몇 놈들이 신청곡을 핑계로 선량한 아이들을 선동하고 있질 않소. 그런데도 그냥 두라는 거요?"

"주임 선생님. 그게 어째서 선동이죠? 죽은 아이는……."

"다 필요 없어요. 당장 그거 쓴 놈을 잡아들이세요. 어서요!"

죽은 아이에 대해서는 듣고 싶지 않다. 나는 진 선생의 말을 끊고 다그쳤다. 뒷말을 높였다.

그런데 그때 한 가지 생각이 스쳐 지나갔다. 어쩔 수 없이 죽은 아이에 대해서 말을 꺼내야 했다.

“참, 그러고 보니 유리라는 아이가 장미반에서 밀려난 다음에 진 선생 반으로 갔군요.”

“네, 그렇습니다만…….”

맞짱이라도 뜨자는 건가. 그렇습니다만,이라니?

“진 선생. 정말 교사가 이래도 되는 거요? 대학원을 다니신다고 하더니, 아이들한테 너무 소홀한 거 아니에요?”

허점을 찔렸나? 진 선생은 무어라고 대꾸하려다가 입을 닫았다. 나는 한 번 더 말했다.

“빨리 잡아들이세요. 가만 안 둘 겁니다.”

“어떻게요? 아이디와 닉네임만 보고 어떻게 찾습니까?”

“진 선생, 지금 장난해요? IP도 추적하고, 홈페이지에 가입할 때 개인 정보가 있잖아요.”

제발 좀 한 마디 하면 알아들어라. 왜 그렇게 말이 많은가. 애들이나 후배였으면, 벌써 손이 올라갔을 것이었다. 사실 몇 번이나 손이 움찔움찔했다.

“선생님, 아무리 우리가 가르치는 학생이라도 개인 정보를 열람하는 것은 불법입니다.”

“불법이요? 이따위 막말 방송을 하는 건 합법이구요?”

말이라면 나도 자신 있다.

“선생님께서 무엇 때문에 이러시는지는 알겠습니다. 하지만 우선 전산실의 협조가 있어야 하고, 또한 교장 선생님의 허락도 받아야 합니다.”

끝까지 버텨 보시겠다? 그럴 수는 없다. 이번 기회에 이 젊은 친구의 기를 꺾어 놓아야겠다는 생각이 들었다.

"교장 선생님께는 내가 허락받을 테니 내일까지 반드시 알아내세요. 그리고 이렇게 방송 함부로 하게 놓아둔 것도 선생님 책임이니 그렇게 아세요."

나는 원고 뭉치를 다시 빼앗아 들었다. 그리고 돌아섰다. 아니 완전히 돌아서기 전에 한 마디 더했다.

"분명히 알아두세요. 진 선생도 책임져야 할 겁니다."

그길로 나는 교감에게 달려갔다. 막아야 해. 나는 밑도 끝도 없이 그렇게 중얼거렸다.

수요일의 장미

아침 7시 15분.

검은색 승용차 한 대가 교문 앞에서 멎었다. 뒷문에서 한 아이가 내렸다. 저 아이 이름이 뭐더라? 그건 중요하지 않다. 3학년 장미반 아이인 듯하다. 손에 아무것도 들려 있지 않다. 통과. 2분 후쯤엔 남학생 둘이 자전거 앞뒤에 타고 나타났다. 이름은 모르겠지만, 두 녀석도 장미반이다. 역시 빈손, 그러므

로 통과. 공부 잘하는 아이들은 역시 그런 유치한 장난에 휘둘
리지 않는구나. 나는 고개를 끄덕였다.

다시 5분 후. 아이들 여럿이 교문 쪽으로 다가온다. 키가 작
은 여자아이, 손에는 가방 외에는 없다. 통과! 볼 살이 터질 듯
오동통한 여자 아이도 빈손이다. 통과. 교문 건너편에서부터
연신 하품을 하면서 다가오는 희멀건 얼굴을 한 남자아이, 역
시 빈손. 통과. 그리고 이어서 초록 명찰 대여섯 녀석들, 한꺼
번에 훑어보니 빈손. 모두 통과. 뒤를 이어서 들어오는 노란
명찰 예닐곱 명도, 꽃은 들고 있지 않았다. 통과, 통과, 통과!

아이들이 점점 많아지기 시작했다.

"조 선생, 잘 살펴요."

나는 맞은편에 서 있는 학생부 조인식 선생을 향해 소리쳤
다. 문득 뒷문으로 보낸 또 다른 두 명의 학생부 선생들은 잘
하고 있는지 걱정이 됐다.

"박 선생과 김 선생은 뒷문으로 가세요. 가방까지 철저하게
뒤지셔야 합니다. 꽃 한 송이라도 발견되면, 무조건 따로 세워
서 이름 적고 저에게 주세요."

그렇게 신신당부를 하긴 했다.

휴대 전화기를 꺼냈다. 재빨리 박 선생의 전화번호를 눌렀다.

"어때요, 그쪽은?"

대뜸 물었다.

"아직은 이상 없습니다. 너무 염려하지 마세요. 별일이야……."

말이 길어진다. 별일이 있는지 없는지만 말하면 되는 것을. 나는 말을 가로챘다.

"알았어요. 계속 잘 살피세요."

얼른 전화를 끊었다.

거의 동시에 흰 국화꽃이 눈에 들어왔다. 아이들 틈 사이에서 그 꽃은 유난히 희었다. 여자아이였다. 가만 보니, 지난번에 장례식장에 나타났던 그 아이였다. 민지희라고 했던가? 눈빛이 파리하게 빛나고 있다. 무슨 각오라도 하는 것처럼. 맞다! 유리의 죽음이 우리 모두의 책임이라고 하던 그 녀석이다. 도대체 저런 아이의 부모들은 뭐하는 작자들일까.

"그거 이리 내."

일부러 더 차고 냉정하게, 그리고 위엄 있게 말했다.

"선생님, 이건……."

"이리 내라니까!"

나는 꽃다발을 가로챘다. 그런데 하나가 아니다. 빌어먹을! 그 뒤에 또 한 녀석이 당당하게 국화꽃을 들고 나타났다. 이름? 저 녀석도 반성문을 쓰고 돌아갔던 녀석이다. 신준영. 둘을 잡아 세우고 꽃을 빼앗았다.

하지만 그것으로 끝이 아니었다.

8시 30분까지 모두 12명을 붙잡았다. 그런데 이상한 녀석이 다섯이나 있었다. 모두 1학년 여자아이였다.

"어떤 3학년 언니가 시켰어요."

왜 꽃을 가져왔느냐고 다그치자 세 아이는 그렇게 말했다. 심부름에 성공하면 5천 원씩을 받기로 했단다.

"누가? 명찰을 봤을 거 아니야. 몇 학년이야? 이름은? 아니, 어떻게 생겼어?"

얼결에 이것저것 질문을 늘어놓았다.

"아뇨. 교복이 아니라 체육복을 입고 있었어요. 그리고 스카프 비슷한 걸로 얼굴을 가려서……."

어이가 없었다. 놀림을 당하는 기분이었다. 도대체 어떤 녀석일까?

기가 막힌 일은 그것뿐이 아니었다. 교문을 닫고 돌아서려는데 휴대전화기의 벨소리가 울렸다.

"주임 선생님, 들꽃 1반 앞에 와 보세요."

뒷문을 지키던 박 선생이었다.

들꽃 1반이면 그곳이었다. 생각해 볼 것도 없었다. 나는 부리나케 뛰었다.

아뿔싸!

그곳에는 이미 열댓 송이의 국화꽃이 놓여 있었다. 나는 지나가던 아이들을 불렀다.

"야, 너희들 이리 와 봐. 저 꽃 주워서 갖다 버려!"

그즈음, 아침 자습을 알리는 차임벨 소리가 울리고 있었다.

대체 어떤 녀석일까?

교무실로 돌아와 내 자리에 앉은 뒤에도 나는 그 생각으로 머리를 가득 채웠다.

참으로 맹랑하지 않은가. 돈을 주고 꽃을 학교 안으로 들여보내려 하다니. 아이들을 앞세우고 교실마다 돌아다니며 찾아내라고 하기도 민망한 일이고. 그래도 정 안 되면……. 아니다, 아니야. 그렇게 생각 없이 밀어부칠 게 아니다. 조금 더 지켜보면서 무엇이 가장 큰 문제인지 핵심을 짚어야 한다. 이런 어처구니없는 일이 또 일어날 수도 있으니까. 앞으로의 대책도 필요한 것이고…….

생각이 부풀고 부풀었다. 멈추지 않았다. 그 때문에 교육청에서 내려온 공문을 꺼내 놓고도 볼펜을 들지 못했다. 오히려 생각은 세포 분열하듯 꼬리에 꼬리를 물었다.

그래, 한 번 더 생각해 보면, 내가 좀 지나치게 예민하게 생각하는 것인지도 모른다. 화장실에서 낙서하듯 휘갈긴 글과 철없는 녀석들 몇몇이 군중심리에 휩쓸린, 아주 사소한 일일 수도 있다…….

그때, 인터폰이 울렸다. 깜짝 놀라 받아들었다. 네, 하고 응대하자 저쪽에서 무겁고 딱딱한 한 마디가 흘러나왔다.

"선생님, 1교시 수업 없지요? 지금 좀 교장실로 오세요."

목소리는 교감이었다. 그럼 교장과 교감이 함께 있다는 뜻이다. 무슨 일일까?

나는 일어났다. 그리고 복도로 나갔다. 부지런히 걷는 내 등 뒤를 여전히 그 질문이 따라왔다. 도대체 어떤 녀석일까?

교장실 앞에서 잠시 숨을 고르고 옷매무새를 다듬었다. 그리고 문을 두 번 두드렸다. 낮은 목소리의 기척이 안에서 느껴졌다. 나는 문을 열고 조심스럽게 안으로 들어섰다.

교장과 교감, 그리고 두 명의 학부형이 눈에 띄었다. 한 사람은 자모회장이었다. 우리 학교에만 있는, 학교운영위원회를 돕는 비공식단체이지만, 자모회는 오히려 학교에 대한 영향력이 운영위원회보다 훨씬 더 세밀하게 구석구석까지 뻗쳐 있었다. 운영위원회는 몇 개월에 한 번 열렸고, 손 몇 번 들었다가 내리면 끝나는 형식적인 기구였지만, 자모회는 부장 선생님의 임명과 3학년 담임의 배치까지 참견했다. 그들은 어떤 선생님이 어떤 대학을 나왔는지 알고 있었으며, 평판이 어떤지 꿰고 있었다. 당연히 학교에서 일어나는 일 하나하나를 알고 싶어 했다. 학교의 특별 운영비를 비롯해 비공식 행사에 필요한 대부분의 기금이 자모회를 통해서 나오기 때문에 그것은 그들의 당연한 권리였다.

얼굴이 모두 차가운 얼음장 같았다. 그런 얼굴을 보고 있자니 나마저 뒷목이 시렸다. 두터운 입술을 내밀고 있는 교장과 은색 테의 안경 너머로 나를 쳐다보는 교감의 얼굴은 다른 때보다 굳어 있었다. 맞은편에 앉은 자모회장이라는 여자는, 유난히 추켜올려 그린 눈썹 때문에 고양이를 연상케 했다. 그 때문에 입을 열면 야옹, 하는 소리를 낼지도 모른다는 착각에 잠깐 빠졌다. 눈을 마주치기가 부담스러웠다. 그래서 그 옆으로 시선을 돌렸는데, 이번에는 여자의 새빨간 입술이 먼저 눈에 띄었다. 유독 그 붉은색이 강렬했다.

겨우 소파 끝자리에 앉았지만, 편치 않았다.

조금 시간이 흘렀다. 서로 누군가 먼저 이야기를 꺼내기를 기다리는 건가. 무언가가 어깨 위를 잔뜩 찍어 누르는 기분이었다.

결국 첫마디는 교장이 꺼냈다. 쉰 목소리가 낮게 깔렸다.

"주임 선생님. 자모회장님과 부회장님이 하실 말씀이 있으시답니다."

그것을 신호로, 기대고 앉았던 자모회장이 소파의 등받이에서 등을 떼며 바로 앉았다.

"학생주임 선생님이시라고요? 요즘 학교에서 무슨 일이 벌어지고 있는지 궁금합니다."

그녀의 입에서 고양이 소리는 나지 않았다. 그럼에도 나는 대꾸하지 않았다. 아니 할 말이 없었다. 나도 그게 궁금했던 탓. 정말 학교에서는 지금 무슨 일이 일어나려는 걸까?

내가 말이 없자, 자모회장이 한 마디 더 했다.

"우리 자모회에서 모르는 일이 학교에서 일어나고 있습니다."

"경영에 관한 문제라면……."

내가 타킷이 되는 게 싫었다. 그래서 둘러대 볼 요량으로 교장 쪽을 쳐다보았다. 그러나 자모회장의 벼린 칼날은 나를 겨

누고 있었다.

"학생들에 관해서입니다. 우리 아이들이요."

그러면서 자모회장은 손에 들고 있는 종이 한 장은 탁자 위에 올려놓았다.

"읽어 보세요."

교감이 거들었다. 나는 허리를 굽혀 종이를 집어 들었다.

긴장이 되어서일까. 나는 한자도 빼놓지 않고 또박또박 읽어 내려갔다. 끝 부분에 빨간 볼펜으로 밑줄이 그어져 있었다. 옥상에서 뛰어내리고 말았습니다,라고 쓴 부분.

이 편지는 행운의 편지입니다. 영국에서 처음 시작된 이 편지는 당신에게 행운을 가져다 줄 것입니다. 이 편지를 받는 즉시 49장의 편지를 24시간 내에 다른 사람에게 보내야 합니다. 명심하십시오. 이 편지를 받은 링컨은 49장을 다른 사람에게 보낸 뒤 대통령에 당선되었습니다. 그러나 케네디는 이 편지를 무시하고 보내지 않았다가 이 편지를 받은 지 49일 만에 암살을 당했습니다. 만약 지금 즉시 이 편지를 49명에게 보내지 않는다면, 어쩌면 당신은 유리처럼 뺨을 맞고 주홍글자를 목에 건 채 4층에서 떨어질지도 모릅니다. 기억하십시오. 유리는 49장 중에서 단 3장을 미처 보내지 못하여 옥상에서 뛰어내리고 말았습니다. 당신도 그 희생자가 될 수 있습니다. 지금 즉시 이 편지를 49명에 보내십시오.

행운의 편지였다. 나도 모르게 미간을 찌푸렸다. 요즘 아이들도 이런 장난을 치고 있었나? 게다가 인터넷 메일도 아니고, 종이에 쓴 편지를? 아니, 그보다 더 중요한 건 '유리'라는 이름이 쓰여 있다는 것.

"이게 뭐죠?"

"보고도 모르세요? 주임 선생님은 아이들 동향을 제때에 파악하셨어야지요."

교장이 핀잔을 주었다. 모든 책임을 나에게 떠넘길 셈이다. 그래서 자모회장이 방문한 자리에 나를 불러 앉힌 듯. 입맛이 썼다.

다시 자모회장이 나섰다.

"요 며칠 사이에 이 편지와 관련된 전화를 여러 차례 받았습니다. 어떤 학부모는 이 편지를 아이의 서랍 속에서 발견했고, 어떤 분은 자기 아이가 이것과 똑같은 편지를 수십 장이나 가방에 넣어가지고 다니는 걸 빼앗았다고 하더군요."

빨간 입술이 그 뒤를 이어 말했다.

"어떤 부모님은 아이가 너무 불안해 해서 하는 수 없이 아이를 대신해 49장의 편지를 다른 사람에게 보냈다더군요. 뭐, 아파트 우편함에도 넣고 남의 집 담장 안에도 던져 넣었대요."

그 말을 무슨 응원군 삼아, 다시 자모회장이 덧붙였다

"모두 장미반 아이들 부모님이었어요."

"들꽃반이 아니고 장미반이란 말씀이십니까?"

“우린 들꽃반에는 별로 관심이 없습니다. 그리고 장미반 아이들이 이 정도면, 들꽃반 아이들은 더하지 않을까요?”

“네…….”

“도대체 학교 안에서, 아니 학생들 사이에서 지금 무슨 일이 일어나고 있는 거죠?”

그래서 이 모두가 내 책임이란 것인가. 결국 일이 이 지경에 이르도록 학생주임은 무얼 하고 있었느냐, 이런 말이 하고 싶은 것이다.

하지만 나는 조금 드세게 받아쳤다.

“별일 아닙니다.”

“별일 아니라고요?”

상대를 잘못 골랐나? 자모회장은 곧바로 말꼬리를 잡았다. 그런다고 단박에 기가 죽을 필요는 없다. 나는 정색을 하고 대답했다.

“네. 행운의 편지란 것은 우리가 어릴 때도 아이들 사이에 돌아다니는 미신 같은 것입니다. 공연히 들떠 있는 아이들이 장난을 친 것에 불과합니다.”

“선생님은 이게 장난으로 보이시나요?”

부회장도 덩달아 날뛰었다.

“네. 자살 사건 이후로 학교 안팎이 뒤숭숭하니까 이런 편지가 오가는 것입니다. 곧 치러질 모의고사와 중간고사에 대한 부담감도 있을 테고요. 조금 더 시간이 지나면 자연스럽게 없어질 것입니다."

"정말 그럴까요?"

물론 나의 바람이다. 그러길 기대하는 수밖에. 그런데 교감이 끼어들었다.

"왜 그런 이야기 있지 않습니까? 남학생들 사이에서는 여학생들이 쓰던 방석을 깔고 앉으면 성적이 오른다는 둥, 하긴 일본 같은 나라에서는 입시를 앞둔 남학생들이 여학생들 속옷을 품고 다닌다더군요. 다 그런 맥락 아닐까요?"

딴에는 거든다고 나선 모양이다. 하지만 흐름을 제대로 짚은 건지는 의심스러웠다. 맥이 빠졌다.

"아니 땐 굴뚝에 연기 나랴,라는 속담 아시지요? 우리는 그것을 염려하는 것입니다."

"그리고 장난이라고 쳐도, 학생주임 선생님께서는 이런 편지가 나돌아 다닐 때까지 무얼 하신 겁니까?"

연타를 맞았다. 고양이는 할퀴고, 빨간 주둥이는 물어뜯고. 나는 구석에 몰렸다. 이쯤 되면 일단 물러서는 게 좋다는 생각이 들었다.

"알겠습니다. 학생부 선생님들을 다 동원해서라도 오늘 안에 무슨 조치든 취하겠습니다."

17번 컴퓨터

조치랄 게 있나. 일단 녀석들의 가방부터 뒤져보는 수밖에. 자모회장이 돌아가자마자 나는 학생부 선생 4명을 불러 지시했다. 들꽃반 아이들의 소지품을 검사해서 행운의 편지를 모두 압수할 것, 의심이 가는 학생들은 따로 체크하여 두고 학습지도실로 부를 것!

그리고 장미반은 내가 직접 가기로 했다. 또 한 가지, 전산실 담당 선생에게 따로 전화를 해서 추모를 선동한 글을 게시판에 올린 아이가 누구인지 알아봐 달라고 부탁했다.

나는 장미반 교실 문 앞에서 기다렸다. 4교시 마치는 종이 울리자 수업을 마치고 나가는 영어 선생에게 목례를 하고 교단 위로 올라갔다.

"지금부터 소지품 검사를 하겠다. 책가방을 책상 위에 올려놓고, 손은 머리 위에 올린다. 실시!"

아이들이 웅성거렸다. 노골적으로 짜증은 내는 아이들도 있었다. 그러나 나는 무시했다.

창 쪽 첫줄부터 가방과 책상 속을 낱낱이 훑었다.

그 줄 끝에서 두 번째 여자아이. 키가 늘씬했다. 모델 해도 되겠다. 그 애의 두터운 대학노트 사이에 여러 장의 편지가 끼어 있었다. 누구의 필체인지 모르지만, 복사한 것이어서 글씨가 흐릿했다. 열댓 장쯤 되는 듯했다. 명찰을 먼저 확인했다.

윤혜수. 그러고 보니 장례식 날, 혼자 한강에 간다고 내뺐던 녀석이었다.

둘째 줄 여섯 번째 남자아이. 컴퓨터로 출력한 편지 세 장, 그 바로 뒤에 앉은 녀석도 출력된 편지 서너 장은 책상 서랍 안에 넣어 두고 있었다.

넷째 줄의 다섯 번째 녀석은 행운의 편지를 20장이 넘도록 가지고 있었다. 보통 키에 강파른 얼굴이다. 은테 안경이 날카롭다. 눈빛도 예사롭지 않다. 녀석이 가진 행운의 편지는 긴 것도 있고, 짧은 것도 있다. 녀석의 이름부터 보았다. 김경호. 장미반에서도 최상위권에서만 맴도는 녀석이었다. 전교 부회장이기도 했다. 학교 행사가 열리면 회장을 제쳐두고 녀석이 대표로 나설 때도 있다. 녀석의 아빠가 서울지검에 있다던가.

마지막 아이까지 가방 검사를 끝냈을 때, 내 손에는 종이뭉치가 두툼하게 만져질 정도였다.

나는 교단 위에 올라섰다. 뻔한 연설이라도 해 두는 편이 낫겠다, 싶었다.

"지금 소지품 검사를 한 이유는 여러분도 잘 알다시피 불순한 이 행운의 편지 때문입니다. 얼마 전에 일어난 사소한 사건을 가지고 장난을 치는 모양인데 여러분들은 현혹되지 말기를 바랍니다. 여러분들은 장미반 학생들입니다. 자부심을 가지고 이런 장난쯤은 가볍게 넘기기를 바랍니다."

그리고 교실을 나왔다. 교무실로 돌아오면서, 나는 생각했다. 틀림없이 무슨 일인가 일어나고 있다. 속에서 무언가 부글부글 끓고, 잠시도 쉬지 않고 꿈틀댄다. 무언가 아우성치고 있는데, 뭘까?

점심 식사를 마친 뒤에 나와 학생부 선생들은 상담실 테이블 주위에 모여 앉았다.

"이게 전부예요?"

나는 테이블 위에 놓인 행운의 편지 뭉치를 가리키며 물었다. 네 명의 선생이 들꽃반 네 곳에서 걷어온 것이었다. 그런데 뜻밖에도 장미반 한 곳에서 걷어온 것의 절반도 되지 않는 양이었다.

선생들은 대꾸하지 않았다. 나는 잠시 당황했다. 들꽃반이 4개 반이나 되니까 최소한 장미반에서 나온 양의 4배는 되어야 하지 않을까? 이 새끼들이 지금 누구를 엿 먹이려는 거야! 부아가 치밀었다. 들꽃반 녀석들을 죄다 끌어내 따귀라도 후려치고 싶은 심정이었다.

나는 할 말을 잊었다. 뒤통수를 맞은 기분이었다.

나는 행운의 편지를 뒤적거렸다. 건성으로 이것저것 읽었다. 그러는데 조 선생이 입을 열었다.

"아이들이 행운의 편지를 받은 날짜와 내용을 분석해 보니 편지들이 하루가 멀다 하고 내용이 달라지고 있습니다."

"달라져요?"

"처음에는 그저 흔한 행운의 편지였는데, 점점 내용이 첨가
되고 있어요."

"어떻게요?"

나는 두 번이나 연거푸 되물었다.

"투신자살 사건 이틀 후쯤에는, 이 편지를 보내지 않으면
4층에서 떨어질지 모른다는 내용이 추가되더니, 또 이틀 뒤에
는 뺨을 맞고 떨어질지도 모른다,라는 내용으로 바뀌었어요.
또 엊그제부터는, 유리는 49장 중에서 단 세 장을 빠뜨려 창에
서 뛰어내렸다,라는 내용이 추가되었죠."

이놈은 분명 진화하고 있다. 꿈틀꿈틀 살아서 움직인다. 누
가 뭐래도 그랬다. 물론 우습다. 쳇, 진화라니! 무슨 생명체
도 아니고, 세포분열하듯이 제멋대로 한 문장씩 늘여가고 있
지 않은가.

"그런데 또 한 가지 이상한 점이 있어요. 왜 종이로 된 행운
의 편지를 돌리는 거죠? 요즘 같은 디지털 시대에 말이에요.
물론 이메일로도 보내지지만요."

"이메일은 발신자가 드러나잖아요. 그리고 무엇보다 종이
편지의 효과가 강력하기 때문이 아닐까요?"

"효과요? 어째서요?"

"현실감이 있잖아요. 이메일은 스팸 메일로 치부하면 그만
이지만, 종이로 받은 편지는 훨씬 생동감이 있잖아요. 무슨 긴
박한 사건이 내 곁에 바싹 다가와 있는 느낌! 더구나 직접 쓴

글씨에다가 친구들과 같이 볼 수 있고……. 제가 저 또래의 아
이라면 이것이 여러 번 반복된다면, 섬뜩할 거 같은데요.”

그러고 보니 그렇다. 일리가 있다. 그러면 행운의 편지를 돌
리는 녀석들이 생각보다 용의주도하다는 건가. 그럼, 단순한
일이 아니지 않은가. 별일이 아니라고 자모회장에게 소리쳤던
자신이 조금 민망해졌다.

그때, 조 선생이 다시 한 마디 했다.

“아, 그리고 또 한 가지 컴퓨터에서 쓴 거 말고 볼펜 글씨로
쓴 것 말입니다. 그건 한 아이의 필체입니다. 제가 보기에는 여
자아이의 글씨입니다.”

“맞습니다. 동글동글한 모양이나. ‘ㄹ’이 숫자 ‘2’자와 흡사
하다든지…….”

조 선생에 이어서 문 선생이 거들었다.

이어 내가 물었다.

“그럼 의심이 갈 만한 학생은 없었습니까?”

“아주 특별한 아이는 없고……. 아, 들꽃 1반의 민지희라는
학생입니다.”

“민지희……? 아, 지난번에 장례식장까지 나타나서 반성문
을 쓰고 돌아갔던……?”

“맞습니다. 유리란 아이와 가장 가까운 친구였답니다.”

“그런데 그 애가 왜요?”

“행운의 편지를 종류별로 다 가지고 있더군요.”

“종류별로요?”

“네, 아까 조 선생님께서 말씀하셨던 대로 내용별로 말입니다.”

“혹시 그 애가 쓴 게 아닐까요?”

정신이 번쩍 났다. 그렇지 않아도 태도가 비틀한 녀석이었다. 나는 그렇다,라는 대답을 기대하고 물었다.

하지만 아니었다.

“저도 혹시나 해서 노트검사를 해 보았는데, 편지의 서체와 달랐습니다.”

“그럼, 그 서체의 주인을 찾으려면 전교생의 노트라도 다 걸어야 한다는 이야기군요.”

나는 어깨를 늘어뜨렸다. 몸에서 기운이 새나가는 느낌이 들었다.

그때 다시 문 선생이 나섰다.

“그런데 제가 보기에는 이걸 한 사람이 쓴 것 같지는 않아요.”

“네? 서체가 비슷하다면서요.”

“맞습니다. 비슷합니다. 하지만 달라요. 제가 보기에는 여러 아이들이 한 아이의 필체를 흉내 내고 있는 것 같습니다.”

“그러고 보니 그렇네요. 아까 ‘ㄹ’이 숫자 ‘2’자와 흡사하다고 말씀하셨는데, 자세히 보면 조금씩 다르긴 해요.”

아. 이건 또 무슨 소린가? 여러 아이들이 한 아이의 필체를

흉내 낸다고? 그럼, 행운의 편지를 만들어내는 녀석이 한둘이 아니라는 이야기인가?

그때, 한쪽 책상 위의 전화벨이 울렸다. 조 선생이 달려가 전화를 받았다. 그는 몇 번 네네, 하더니 나를 불렀다.

"주임 선생님, 전산실 최 선생입니다."

나는 벌떡 일어나 전화를 받았다. 최 선생이 대뜸 말했다.

"선생님, 좀 어이없는데요."

"뭐가요? 방송반 게시판에 추모 행사를 제안한 아이가 누군지는 알아냈습니까?"

"네, 알아내긴 했습니다. 그런데……."

빨리 말해도 될 것을 뜸을 들인다. 그게 누구든 찾았으니, 다행 아닌가. 그런데 그 다음 튀어나온 말이 어이가 없었다.

"접속한 아이의 아이디를 검사했더니, 아이디의 주인이 임유리라고……."

"임유리? 몇 반 아이입니까? 내가 직접 가서 불러오죠."

"아니, 임유리 모르세요?"

순간, 뒷머리가 찌릿했다. 아주 날카로운 무언가가 뒷머리를 스윽 베고 지나가는 기분이었다.

"설마, 그 임유리예요?"

"맞습니다. 그런데 글을 남긴 시점은 금요일 낮이었고, 그 글을 올린 곳은, IP 주소를 추적해 보니 학교 전산실이었습니다. 17번 컴퓨터입니다."

뒷골이 뻐근했다.

"그럼, 죽은 애가 살아오기라도 했단 말입니까?"

말이 그렇지 않은가. 죽은 아이가 자기를 추모해 달라고 글을 올렸다는 건가. 무슨 이런 개 풀 뜯어먹는 소리가 다 있는가.

"설마요. 모르긴 해도 누군가가 그 애의 아이디를 해킹한 거겠죠. 그러고는 유리의 아이디로 글을 올린 겁니다."

그래야 맞다. 그리고 그래야 한다. 유리가 살아 돌아왔다니! 설마…….

오오, 프린스

푸! 파! 푸! 파! 푸푸 파! 푸피푸피 푸푸 파! 품치치 품치치! 푸푸 파!

유리창이 흔들렸다. 누가 먼저랄 것도 없이 모두 고개를 돌렸다. 귀에 침이 튀는 느낌이었다. 나는 눈살을 찌푸렸다.

"이, 이, 이거 무슨……."

"비트 박스예요."

조 선생이 내 말을 받았다. 제일 먼저 창 쪽으로 달려간 것도 그였다. 내가 그 뒤를 따랐고, 다른 선생들도 창 쪽에 매미처럼 달라붙었다.

"프린스군요."

"프린스라니요?"

"영후 말입니다. 여자 아이들은 저 녀석을 프린스라고 부릅니다. 유리라는 아이가 별명을 지어줬대요. 들꽃 3반 아이죠, 아마?"

"지난번에 교감 선생님과 3학년 주임 선생님께서 다른 학교로 전학 보내려던 아이 말입니다."

"아, 비보이 말씀하시는군요. 녀석 실력 대단하던데."

"그러게 말입니다. 그런데 그 유리라는 애와 무슨 그렇고 그렇다는 소문 때문에……."

묻기는 내가 물었는데 조 선생과 박 선생이 말을 주고받았다. 뒷이야기는 알 것 같다. 유리와의 소문 때문에 그 애의 부모가 항의를 했었고, 결국 영후를 전학 보내기로 했었다. 하지만 여의치가 않아 시간을 끄는 사이에 유리가 투신을 했던 것이다.

그런데 프린스라니. 이게 무슨 유치한 별명인가. 아무리 애들이라도 하는 짓거리하고는.

"저놈들, 지금 뭘 하는 거예요?"

"아마 무슨 퍼포먼스라도 할 모양인데요. 녀석들 제법이에요."

화단 길 한쪽에서 서너 명의 아이들이 비트박스를 하는 중

이었다. 어디서 구했는지 이동식 앰프에서는 곧잘 큰소리가 났
다. 그 앞에는 영후란 놈이 서 있었다.

놈은 앞뒤를 왔다 갔다 하면서 외쳤다.

"아이 세이, 리멤버! 유 세이, 임유리!"

그리고는 한 박자를 쉰 다음에 더 큰 소리로 외쳤다.

"리멤버!"

그러자 수많은 아이들이 한꺼번에 소리를 질렀다.

"임유리!"

같은 상황이 몇 번 반복되었다.

"리멤버!"

"임유리!"

"리멤버!"

"임유리!"

반복될수록 소리는 더 커졌다. 아이들은 더 많아지고 있었다.

예닐곱 번 반복되던 외침이 잦아들었다. 곧바로 잔잔한 음
악이 흘렀다. 어제 점심시간에 들었던 그 노래— 너에게 난 해
질녘 노을처럼…….

잠시 후, 그 아이들 틈 사이에서 한 아이가 걸어 나왔다. 그
아이의 손에는 흰색 국화꽃 한 다발이 들려 있었다. 영후는 그
것을 받아들더니 땅바닥 한 곳에 놓았다.

아……!

나는 가슴이 철렁 내려앉았다. 그러고 보니 저곳은 유리가

떨어졌던 바로 그곳이다.

"지금 저놈들이 뭐하는 짓입니까?"

이번엔 아무도 대꾸하지 않았다. 갑자기 프린스, 아니 영후란 놈의 동작이 현란해졌기 때문이다.

녀석은 마치 로봇처럼 팔과 다리를 연속으로 꺾으면서 국화꽃 앞으로 다가갔다. 그러다가 멈추고 뒤로 가는 듯하다가 다시 와서 국화꽃 주변을 돌았다. 이어 물구나무를 서서, 그런 채로 뜀을 뛰고…….

어느새 영후의 동작 사이로 장단을 맞추듯 박수 소리가 들렸다.

짝짝, 짝짝, 짝짝짝!

창문을 열고 둘러보니 교실마다 아이들이 창에 붙어 일제히 영후의 동작을 내려다보고 있었다.

"그 자식, 잘하긴 잘하네."

"당연하죠. 들으니까 이 부근에서는 알려진 비보이랍니다. 백댄서도 한다는데요. 케이블 TV 가요 프로그램에도 몇 번 나왔다고 하데요."

두 선생이 말을 주고받았다.

아니다. 무언가 잘못되고 있다. 나는 창에서 몸을 빼냈다. 그리고 뛰었다.

"야, 이 자식아! 너 그만두지 못해?"

현관을 나서면서 소리쳤다. 그러나 그 소리는 앰프에서 흘러나오는 비트 박스와 아이들의 함성에 묻혀 버렸다.

나는 모여 있는 아이들을 헤치며 다가갔다. 그리고 이동식 앰프의 스위치를 꺼 버렸다.

"우우!"

야유 소리가 들렸다. 그래도 아이들은 비트 박스를 멈추지 않았다. 오히려 구경하던 아이들이 박수 소리로 비트 박스를 돕고 있었다.

욕이 나왔다.

"너 이 새끼, 이리 안 와?"

나는 비트 박스를 하는 아이들을 무시하고 영후에게 다가섰다. 바로 그때였다. 막 팔 꺾기를 하고 있는 녀석의 어깨를 잡을 참이었는데, 불현듯 놈이 뒤로 넘어졌다.

"헉!"

놀랐는데, 녀석은 재빨리 손을 짚으며 뒤구르기를 하더니 용수철처럼 튕겨져 일어났다. 그리고는 나를 향해 다가오는 듯하다가 손도 짚지 않고 앞으로 회전을 했다. 이어 발을 뻗었다. 긴 다리 하나가 나를 향해 뻗쳐 왔다.

휘잉!

그 발끝이 내 앞을 스치고 지났다. 소리는 나지 않았지만 나는 환청을 들었다. 너무 섬뜩해서 자신도 모르게 목을 움츠렸다. 순간, 주위의 아이들이 일제히 소리를 질렀다.

"원 킥!"

그게 끝이 아니었다. 자세를 낮춘 녀석이 뒤를 도는 듯하더니 다른 발로 허공을 휘저었다. 쉬익, 소리가 났다.

아. 그 발끝은 나를 향해 일순간 멈추었다. 둘러선 아이들의 함성이 터진 것도 그때였다.

"투 킥!"

등골에 식은땀이 흘렀다.

"이 새끼, 그만두지 못해?"

순간, 놈은 나와 눈이 마주쳤다. 그 눈빛이 파랬다.

그러나 곧 놈은 여유롭게 눈빛을 거두어 갔다. 그러고는 비트 박스를 하던 녀석이 던져 준 헬멧을 썼다.

놈은 아예 앉더니 두 손으로 바닥을 짚고 다리를 하늘을 향해 쭉쭉 뻗어 올렸다.

"너 그만두지 못해!"

딴에는 악에 받쳐 소리쳤다. 하지만 아이들의 함성과 박수 소리에 그 소리는 혼잣말처럼 들리고 말았다.

그사이에 놈의 동작은 빨라졌다. 체조의 안마를 하는 동작과 흡사한 흉내를 내고 있었다. 놈의 긴 다리는 땅을 끌면서 점점 더 내가 있는 쪽으로 다가왔다.

"토·마·스! 토·마·스!"

아이들이 외치기 시작했다. 처음에는 몇 명의 목소리였다가 금세 수많은 함성으로 들렸다.

이어 놈은 더 빠르게 양 발을 돌렸다.

나는 다시 한 번 다가갔다. 그때 놈은 물구나무를 섰다. 그리고 이번에는 반대 방향으로 다시 회전하기 시작했다. 점점 빨라졌다. 아이들의 함성이 다시 터져 나왔다.

"터클!"

나는 다가가지 못했다. 섣불리 다가갔다가 둘 중의 하나가 튕겨 나갈 것만 같아서였다.

아이들이 숫자를 세기 시작했다. 놈이 머리만 대고 회전을 시작했던 것이다.

"하나, 둘, 셋……."

바닥을 너무 매끄럽게 깔았나. 잘도 돈다. 놈은 열 바퀴를 넘게 돌았다. 빌어먹을. 나도 모르게 세고 있었다.

"엘보 스핀!"

그러고 보니 녀석이 자세를 바꾸었다. 이번엔 팔꿈치를 땅에 대고 돌았다. 그러자 아이들이 다시 숫자를 센다. 속도가 줄어들고 있었다.

이때가 기회다. 나는 다가갔다. 그런데 다음 순간이었다. 놈의 다리가 거의 손에 잡힐 듯했는데, 그 두 다리가 하늘로 쭉 뻗어 올라갔다. 동시에 아이들의 함성이 울렸다.

"프리즈!"

정말로 굳었다. 녀석은 다리를 하늘로 쭉 편 채 멈추었다. 한 순간 사방이 고요해졌다. 함성도 멈추었고, 박수 소리도 그쳤다. 그리고 그 순간, 어디서 날아왔는지 모를 꽃잎 하나가 녀석의 발 아래로 떨어져 내렸다. 불길한 조짐이었다.

내가 뭘 한 것도 아닌데 다리가 후들거렸다. 나는 기운을 내 다가갔다. 멈추어 있는 놈의 다리를 잡았다.

순간, 마치 허물어지듯 놈의 몸이 스르르 무너졌다.

"헉!"

깜짝 놀라 뒤로 물러섰다. 그런데 그것을 기다렸다는 듯, 아이들의 함성이 울렸다.

"프·린·스! 프·린·스!"

그리고 박수 소리.

등이 식은땀으로 흥건했다. 나는 놈이 일어날 때까지 기다렸다.

그러나 놈은 일어나지 않았다. 놈은 꽃다발이 놓인 그 자리에서 무릎을 꿇었다. 그리고 두 손을 모았다. 꼴에 교회에 다니나 보지?

다시 주위가 조용해졌다. 아이들도 입을 닫고 눈을 감았다.

잠시 후, 놈이 일어났다. 그러고는 제발로 내게 다가왔다.

"선생님, 죄송합니다. 유리에게 아무것도 해 줄 수 있는 게 없어서요."

나는 어금니를 물었다. 뺨이라도 때리고 싶었다. 그러나 아이들 몇몇이, 해 볼 테면 해 보라는 식으로 휴대전화를 들이대고 있었다. 여차 하면 동영상을 찍어 인터넷에 올리겠다는 거겠지. 이런 싸가지 없는 놈들! 나는 울화가 치밀었지만, 반쯤 올린 팔을 슬그머니 내릴 수밖에 없었다.

그때, 한 남자 아이가 내 앞을 지나갔다. 손에 화단에서 뜯은 코스모스 몇 송이를 들고 있었다. 그 아이는 코스모스를 국화 옆에 나란히 내려놓았다. 뒤를 이어 또 다른 아이가 어디서 흰 구절초 한 송이를 내려놓았다. 무궁화도 있었다. 모두 교내 화 단에 피어 있는 것들이었다.

그때 한 녀석이 눈에 띄었다. 지희라는 여자아이였다. 아침 에도 내게 지적받은 그 녀석이다. 그 애 손에는 어디서 났는지 장미꽃 한 송이가 들려 있었다.

"그거 이리 내놔!"

그 애만은 막아야겠다는 생각을 했다. 하지만 아침과는 달 랐다. 계집애는 빼앗기지 않으려고 결심한 듯 꽃봉오리 아래 를 바투 잡았다. 그리고 감추었다. 하지만 나는 녀석의 등을 돌 려세우고 재빨리 꽃 아래쪽 꼭지를 잡았다. 그리고 힘껏 잡아 당겼다. 아이가 힘을 주었다. 그 때문에 잠깐 멈칫했지만, 나는 더 세게 잡아챘다. 결국 줄기만 내 손에 딸려 왔다. 꽃잎은 조 각난 채 땅바닥으로 후두둑 떨어졌다.

그러자 여자아이가 붉어진 눈으로 나를 쳐다보았다. 나는 마주 보았다.

"그러길래……."

순간, 여자아이가 꽃을 들고 있던 손을 내 앞으로 내밀었다.

피였다. 붉은 피가 손에 가득했다. 내가 꽃을 당기느라 장미 가시에 긁히고 찢어졌던 것이다. 몇 장의 피 묻은 꽃잎이 그 애의 손에 대롱대롱 매달려 있었다.

헉!

나는 숨을 쉴 수가 없었다. 무어라도 말을 하기 위해 입을 열었지만 아무런 소리도 나오지 않았다. 말더듬이처럼 으어어어, 하면서 뒤로 물러나야만 했다.

겨우 정신을 차리고 돌아보았을 때, 오른쪽 옆에서 그리고 왼쪽 옆에서 모든 아이들이 사방에서 휴대전화 카메라로 지희의 붉은 손을 찍고 있었다. 몇몇은 내 얼굴 쪽을 향하기도 했다. 나는 여전히 아무 말도 하지 못했다.

4장

잉글리시 티처, 비보이 스캔들

연금술사의 비밀

……불쌍한 하데스 사제를 나는 용서하기로 했다. 왜냐하면 나 이외에도 수많은 전사들이 하데스를 저주할 것이므로. 그런데 구태여 나까지 그를 원망하며 매일 저주의 제(祭)를 올린다면, 그에게 너무 가혹하지 않은가. 후후! 그는 나에게 반드시 감사해야 한다.

아무것도 모를 때, 나는 그를 존경했다. 버려진 영지에서 태어나, 이민족과의 거듭된 전쟁의 틈바구니에서도 용케 살아남아 노 멘스 힐의 사제가 된 것만으로도 그는 칭찬받을 만했다. 물론 그는 유능한 사제 밑에서 훈련을 받은 다른 어떤 사제보다 실력도 뛰어났다. 게다가 하데스 사제는, 사적인 시간까지 기꺼이 쪼개서 나의 테스트를 도와주었고, 몇 시간씩 나의 고해를 받아주었다. 다른 사제들에게는 없는 성품이었다. 특히 나에게는 더 자상했다. 그래서 나는 하데스 사제가, '사제로서 내 희망은, 이노 멘스 힐이 다시 로맨스 힐이었던 때로 되돌아가는 거야'라는 말을 믿었다. 불의 지옥과 아이스 랜드가 구분되지 않았던 시절의 로맨스 힐, 그곳에서 사제는 아버지였으며, 동료 전사들은 다정한 형제였다지? 그래서 한때 나는 그가 프로메테우스일지 모른다는 착각을 했었다. 적어도 그 모든 것이 '은밀한 거래'라는 걸 알아차리기 전까지.

그런 옛정을 생각해서라도, 그가 나를 분명히 기억하도록 해주고 싶었다. 그래서 나는 스스로 불의 지옥으로 가는 길을 택할 수밖에 없었다.

6월, 하데스 사제의 모의 테스트는, 다른 사제들 것보다 매우 난해했다. 곳곳에 함정이 도사리고 있었다. 늘 그랬지만, 아무리 파헤치고 집중해도 그의 테스트를 완벽하게 통과하는 전사는 그다지 많지 않았다.

하지만 그런 하데스의 테스트에도 치명적인 결점이 있었다. 그것은 하데스가 직접 만들었다고 전해지는, 이른바 '족보'라 불리는 비서(秘書)에 있었다. 비서를 통달하면 하데스의 테스트는 어느 정도 예측이 가능했다. 물론 비서를 구하기란 쉽지 않았다. 그것은 하데스 사제의 친지들에게만 전해졌고, 간혹 귀족 전사들 사이에서 은밀히 거래되곤 했다.

비서를 구한 나는 닳고 닳도록 그 내용을 외웠다. 그리고 마침내 나는 결심했다. 50개의 테스트 항목 중에서 홀수 번호만 골라 틀린 답을 써낸 것이다. 결국 나는 25점을 받았다. 딱 절반이었다.

…….

하데스 사제는 틀림없이 당황하고 있었다. 그는 나에게 직접 태형의 형벌을 내리고자 했다.

몽둥이를 집어든 하데스는 아주 진지하게 말했다.

사랑의 매라고 생각해. 너처럼 공부 잘하는 아이가 이런 점수를 받았다는 건 말도 안 돼. 그래도 넌 다시 네 점수를 회복할 수 있는 아이라서 때리는 거야. 할 수 없는 것들은 손도 안 대.

당황하는 제 모습을 감추려 애쓰는 것이 안쓰러웠다. 그래서 웃음이 났지만 참았다. 솔직히 하데스가 조금 가련하기까지 했다. 나는 그가 전생에 저주받은 연금술사라는 것을 알고 있었으므로.

한 집시의 점성가가 말했다. 하데스는 원래 떠돌이 전사의 집안에서 태어났지만, 손가락이 6개라 버림받은 후 연금술사가 되었다고. 그런데 그는 자신의 하찮은 재주를 이용해서 세상의 모든 것을 황금으로 바꾸려 했다. 제가 마시는 술잔과 접시와 수저, 나중에는 정원의 나무와 열매까지.

욕심은 거기서 끝나야 했다. 마침내 하데스는 악마와 거래를 했다. 세상의 모든 황금을 갖는 대신, 악마에게 어린 양들을 매일 한 마리씩 산 채로 제물로 바치기로 했다.

수많은 양이 하데스의 전생에 의해 끌려갔다. 그리고 악마의 제물이 되었다. 그렇게 하여 세상에 양이 거의 남아 있지 않게 되었을 무렵, 신들은 하데스의 전생을 번개로 내리치고 평범한 사람으로 다시 태어나게 했다. 그리고 신들은 그가 어린 양을 보살피도록 했다. 죗값을 치르라는 것이었다.

하지만 그의 영혼에서 그 욕심만은 빼앗지 못했다. 결국 달라진 게 없었다. 하데스는 양 대신, 어린 전사들을 제물로 바치고 다시 황금을 제 창고에 쌓기 시작했다.

건성으로 읽었다. 중간 중간을 건너뛰고, 한 번에 훑어 내렸다. 그래도 낱낱이 기억이 나는 글이었다.

"이게 뭡니까?"

둘러앉은 선생 중의 하나가 물었다. 학생주임이 나누어 준 서류 뭉치의 맨 뒷장에 있는 복사물을 들어 보였다. 나는 무심한 척 눈을 감은 채, 그러나 귀는 쫑긋 세웠다.

또 다른 선생 하나가 나섰다.

"이건 행운의 편지와는 관계없는 거잖아요."

"아니요. 관계가 있습니다."

눈을 떴다. 학생주임의 자신 있는 말투가 멱살을 잡아챘다. 교감을 비롯해 '임시 학생지도회의'에 참석한 3학년 선생들이 일제히 학생주임을 쳐다보았다.

학생주임은 몹시 지쳐 보였다. 어제도 잠을 못 잤는지 눈이 충혈되어 있었다. 그럴 만도 한 일이었다. 엊그제 학생주임이 여학생의 손에서 가시가 박힌 장미를 뺏는 동영상이 돌아다닌 터였다. 아마 마음고생을 좀 했을 거였다. 외부 사람들까지 학교에 전화를 해 대고 난리가 났었으니까. 게다가 손바닥의 그 선명한 핏자국! 나도 오싹했었는데 당사자는 어떠했을까.

하지만 학생주임의 일일 뿐이다. 나와는 관련이 없는. 내 신경을 옥죄는 것은 바로 이 행운의 편지뿐이었다.

"선생님들께 각각 나누어 드린 건 행운의 편지를 종류별로 묶은 것입니다. 그중에서 손 글씨로 쓴 것과 마지막에 별첨으로 붙여 놓은 그 이상한 글을 비교해 보십시오. 같은 필체입니다."

우려하던 일이었다. 그걸 눈치채지 않기를 바랐는데.

"모르긴 해도 이 글은 단순히 판타지 소설 같은 게 아니에요."

"맞습니다. 우리 학생부 선생님들이 아이들에게 직접 물으며 알아낸 사실인데, 사제는 선생님들을 비유하는 말입니다."

교감이 나서자 학생주임이 거들었다.

"참으로 유치하기 짝이 없습니다."

"아이들이라 그렇죠. 하지만 당돌하지 않습니까?"

선생 중 하나가 피식 웃었고, 학생주임이 대꾸했다.

"그럼 도대체 하데스가 누굽니까? 어느 선생님을 가리키는 거예요?"

서로들 얼굴을 쳐다보았다. 당신 별명이 뭐야, 하는 얼굴로.

나는 손을 책상 위에 올려놓았다. 그 손 때문에 나의 별명은 '아메리카 살모사'로 통했다. 아이들 말로, 길고 흰 내 손이 살모사의 혓바닥 같단다. 아이들은 그토록 단순하고 즉흥적이다. 물론 이 손에 따귀를 맞은 아이들이 지은 별명일 테다. 그래요. 난 '아메리카 살모사'지 하데스는 아닙니다,라고 내 손이 테이블 위에서 시위했다.

그래야 했다. 유리가, 하필이면 내 시간이 끝난 직후에 뛰어내렸고, 더구나 난 욕을 했으며, 그 애의 뺨까지 때렸다. 이쯤이면 누가 봐도 나는 '유리의 죽음'이라는 살얼음판의 한가운데에 서 있는 거 맞다. 그래서 비상위원회에 불려갔고, 학부모와 아이들까지 유리의 죽음을 운운할 때 내 이름도 함께 호명되곤 했다. 이를테면, '유리가 자살하기 전에 살모사한테 심하게 맞았다며?'라는 따위의 쑤근거림. 아마 그럴 것이다. 자칫하면 얼음이 깨지고 나는 물속에 빠질지 모른다. 누구든 그 애의 죽음에 대해 이야기할 때마다, 내 이름을 들먹거릴 테니까. 절대 그래서는 안 된다. 만약 다시 내 이름이 또 회자(膾炙)된다면, 비상위원회가 다시 열릴 게 분명하고, 교장과 교감이 가까스로 무마한 교육청 감찰을 피할 수 없을 것이다. 그렇게 된다면……? 생각만 해도 끔찍하다.

약간은 후회가 된다. 그날, 왜 그렇게 흥분했을까? 발단이라면, 점심 시간에 받은 전화 한 통 ─ 내가 3개월 전에 소개해 준 과외 선생이 담당 아이의 성적을 전혀 올리지 못했다는 학부모의 클레임 때문이었다. 결국 성적이 오르면 받기로 했던 성과금이 날아가 버렸다. 그게 그토록 짜증이 났다. 그런 일이 최근에 벌써 두 번째여서 더욱 그랬다. 마침 그런 차에 유리란 아이가 대들었다. 맞다. 그건 대든 거다. 내 질문에 그런 식으로 대답하다니! I don't know what to say about you라니? 아마 마음먹고 그런 것이 분명했다. 계집애가 마침내 제 엄마한테 이야기해서 내가 소개시켜 준 과외 선생을 바꾸었고, 난 그게 못마땅해서 몇 번, 섭섭하다는 티를 좀 냈을 뿐이었다. '너 요즘 과외 선생을 바꾸더니, 실력이 형편없어졌구나!'라든지, '예로부터 책과 선생은 함부로 바꾸는 게 아니라고 했어. 그런 아이들일수록 발전이 없지'라는 정도였다. 그 말이 딴에는 섭섭했던 모양이지? 아무리 그래도 그렇지, 감히 누구한테……!

아니다. 지금 또 흥분할 필요는 없다. 그래서도 안 된다. 이제 겨우 유리의 죽음이, 그와 함께 빙빙 떠돌던 내 이름이 조금씩 수면 아래로 가라앉고 있는데……. 아, 그런데 이젠 행운의 편지라니? 그것 때문에 다시 내 이름이 고름을 잔뜩 머금고 뾰루지처럼 튀어나오려 하고 있단 말이다.

방법은 하나뿐이었다! 어떻게든 그 애의 죽음에 다른 이유가 있어야 한다는 것! 나, 그리고 학교와는 관계없는 오로지 유리 자신만의 이유가. 그리고 유리는 그것 때문에 괴로워하다가 죽은 것이어야 한다. 사람들에게는 그렇게 알려져야 한다. 그래야만 내 이름이 두 번 다시는 유리의 죽음과 함께 거

론되지 않을 것이다. 아, 무엇이 있을까? 빨리, 되도록 빨리 찾아내야 한다. 그래서 그 '살얼음판'으로부터 되도록 멀리 달아나야 한다!

"중요한 건 이걸 누가 썼느냐 하는 거예요."

생각이 부서졌다. 고개를 들자, 교감이 프린트의 한쪽 귀퉁이를 들어 보였다. 긴장감으로 손끝이 떨렸다. 그래서 선수를 쳤다.

"그걸 누가 알겠……."

"아마 유리라는 아이가 썼을 겁니다."

숨이 탁 막혔다. 내 말의 허리를 자르며 진성규 선생이 말했다. 그때부터 내 귓속은 여러 사람들의 말이 뒤섞여서 웅웅, 하는 소리를 냈다.

"뭐라구요? 그걸 어떻게 확신하죠?"

"작문 시간에 유리가 그런 비슷한 내용의 글을 쓴 적이 있습니다."

"그럼, 행운의 편지는?"

"누군가 유리의 글씨를 흉내 내고 있는 거겠지요."

"얼핏 보면 아주 비슷하지만, 억지로 흉내 낸 흔적이 보입니다."

"그러니까 내 말은 범인이 누구냐 이 말입니다."

"솔직히 지금은 그게 중요한 게 아닙니다. 누가 유리의 글씨를 흉내 내든, 그 아이는 우리로 하여금 자꾸만 그 아이를 기억해 내도록 한다는 겁니다……."

손에 땀이 났다. 손을 슬그머니 내렸다. 바지에 땀을 닦았다. 떨림은 여전했다. 조급함 때문이었다.

교무실로 돌아와 캐비닛부터 뒤졌다. 6월 교내 모의고사 답안지를 찾아 꺼냈다. 유리가 들꽃 몇 반이었지? 어디에 있는 거지? 답안지……. 여기 있다. 임유리.

나는 정답지를 옆에 놓고 유리의 답안지를 하나씩 체크해 나갔다. 1번 틀렸고, 2번 맞았고, 3번 틀렸고, 4번 맞았고, 5번, 7번 9번, 11번 틀렸고, 13, 15, 17번 틀렸고……. 미친……. 그럼 7월은? 1, 3, 5, 7번……. 똑같다. 8월도 마찬가지였다.

그럼, 9월은? 1번 맞았다. 2번 맞았다. 3, 4, 5, 6……. 50문제 중 단 2개만 틀렸다. 그럼 뭔가? 정말 날 조롱한 건가?

나는 전산실로 전화를 걸었다.

"9월 모의고사 전부 정리 됐습니까? 임유리란 학생 전체 석차 좀 확인할라꼬요."

뭐, 뭐라는 거야? 적잖이 긴장하고 있나 보다. 사투리라니! 긴장하면 도지는 못된 버릇. 나는 제풀에 놀라고 말았다. 훅훅! 나는 전화기를 입에서 떼고 숨을 몰아쉬었다.

"임유리요? 임유리라……. 어, 이 학생은?"

"네. 맞아요. 확인해 주세요. 저는 장미반 담임입니다."

사투리를 겨우 바로잡았다. 하지만 당황한 탓에 순서가 뒤바꾸었다. 알게 뭔가. 지금 그게 중요한 게 아닌데.

"임유리, 임유리……. 어? 이 학생 전교 88등 했네요. 오, 이런! 선생님 과목만 엄청나게 성적이 올랐군요."

"네……? 제 과목만?"

미친……. 전화기에 대고 말할 뻔했다. 나는 얼른 송화기를 막았다. 그런 채로 천천히 내려놓았다.

왜 하필 나일까?

노트! 나는 스스로에게 묻다가 문득 떠올렸다. 회의 시간에 읽은 것도 유리의 노트에 쓰여 있던 글의 일부였다. 나는 책상 서랍을 뒤졌다. 없는 걸 알면서도 책꽂이까지 손가락을 올려놓고 더듬었다.

노트는 유리가 투신하기 전날 압수했고, 며칠 후 도둑을 맞았다. 아마 노트를 훔쳐간 녀석이 지금 일어나고 있는 일들의 주범일 것이다.

노트는 도대체 누가 가져갔을까? 아니, 내가 정말 그 아이에게 그렇게 잘못한 걸까.

어렴풋이 노트의 몇 구절이 기억이 났다.

……사제들을 길들이기는 아주 쉬웠다. 실망스럽게도 그들은 화려한 이력의 소유자답지 않게 아주 단순한 족속들이었다. 생각도 행동도 모두 그랬다. 그들은 전투의 결과만 중요하게 생각했다. 전투의 결과만 좋으면, 웬만한 잘못으로는 처벌도 받지

않았다. 그들은 전투 결과 외에는 그 어떤 것에도 관심이 없는 것 같았다. 그들을 그렇게 만든 것은, 우리의 전투 결과가 좋았을 때 돌아오는 대가, 바로 그것 때문이었다.

황금에 눈먼 사제가 있었다. 우리는 그를 하데스라 불렀다. 그 사제는 귀족 전사를 파계(破戒) 당한 뜨내기 사제에게 팔아넘겨 개인 교습을 받게 했다. 그리고 전사의 부모로부터 금붙이를 받아 챙겼다. 그 파계된 사제는 한때 이름난 사제였다가 온갖 불명예스러운 일을 저지르고 쫓겨난 사제였다. 그러나 그 실력만큼은 아이스 랜드의 그 어떤 사제에 뒤지지 않아서 어떤 전사들은 오히려 뜨내기 사제를 더 믿기도 했다.

어찌 되었든, 나는 재주를 부리는 사제의 곰이 되고 싶지 않았다. 나의 생모가 그의 재주에 놀아나는 것도 보기 싫었다. 내가 불의 지옥을 다녀와야겠다는 결심을 한 데에는 이런 이유도 있었다. 내가 불의 지옥으로 떨어졌을 때, 과연 사제에게는 무슨 일이 생길까. 더구나 내가 가장 믿고 따르던 그 사제에게.

녀석은 모든 걸 알고 있었다. 내가 장미반 아이 몇을 시내 유명 과외 선생에게 알선해 주고 소개비를 받았다는 사실까지. 그래, 그 아이는 사제, 아니 선생들에 대해서 너무나 잘 알고 있었지. 적어도 내 기억에는 끝까지 모르기를 바랐는데.

나는 손에 들고 있던 유리의 답안지를 내려놓고 의자 등받이에 기댔다. 빌어먹을. 중얼거리듯 내뱉었다.

심장 없는 프로메테우스

넌 누구냐.

희고 맑은 얼굴. 밀알지게 생겼구나. 오똑한 콧날, 갸름한 턱선. 차라리 여성적이다. 옅고 푸른 면도 자국만 아니면 여자라고 해도 믿겠다. 귀공자풍이다. 이런 얼굴을 아이들은 꽃미남이라고 한다지? 아, 프린스, 프린스다!

하지만 외모일 뿐이다. 놈은 시장 바닥에서 과일 좌판을 하는 홀어머니와 단둘이 사는 결손가정의 아이일 뿐이다. 사는 곳도 옥탑방이라지?

나는 반쯤 감았던 눈을 떴다. 그리고 몸을 일으켜 세웠다. 책상 옆에서 빤히 나를 내려다보는 놈을 향해 물었다.

"넌 뭐지?"

"부르셨다고 하셔서……."

"아, 그랬지?"

회의가 끝나고 아이 하나를 보내 녀석을 오라고 했던 기억이 났다.

그런데 놈이란 사실을 확인하고 나자 불현듯 적대감이 일었다. 노트. 그래 노트에서 나는, 아니 우리 모든 사제들은 놈에게 철저히 유린당했었다.

……사제들은 프린스와의 싸움에서 번번이 패했다. 그 어떤

사제도 프린스의 한쪽 귀에서 귀걸이를 떼어내지 못했고, 브릿지를 넣은 머리를 쉽게 자르지 못했다. 모든 전사들에게서 빼앗은 자유를 프린스에게게만은 허용해야 했고, 다만 프린스가 다른 전사들에게 그 자유에 대해서 전도하지 않기만을 바랐다.

네가 그 프린스냐? 이 하데스에 맞서서 싸울? 나의 머릿속에서는 그렇게 물었다. 입에서는 엉뚱한 말이 나왔다.

"우선 다시 돌아온 것을 환영한다."

하마터면 손을 내밀어 악수를 청할 뻔했다. 물론 난 전혀 환영하지 않는다. 소름이 돋았다.

"우선 저 옆에 앉아서 반성문부터 써라."

나는 책상 옆의 테이블을 가리키며 말했다. 그 위에 A4 용지 서너 장을 던져 주었다.

"반성문은 어제 학생주임 선생님께 제출했습니다."

나는 녀석의 이런 면이 싫다. 왜 시키는 대로 한 번에 말을 듣지 않는 것일까.

"학생주임 선생님은 학생주임 선생님이고, 내가 쓰라면 또 써."

"무슨 내용으로 써야 되죠?"

"무슨……? 그래. 유리에 대해서."

"일전에 말씀드렸다시피 유리와는 아무 일도 없었습니다. 그리고 지난번에도 반성문을 2장이나 썼습니다."

제법이다. 녀석이 나의 말을 끊었다. 그래, 프리스라면 그 정도 오기는 있겠지. 그래도 내게는 안 통한다. 나도 머리가 있거든.

"어서 써!"

거친 것보다 부드럽고 강한 게 낫다. 딴에는 그런 생각이 들어 낮은 톤으로 말했다.

자신이 유치하다는 생각이 들었다. 이 아이를 왜 불렀을까. 나는 그 이유부터 빨리 만들어내야 했다. 어차피 목적은, 놈이 유리가 알고 있는 것에 대해서 알고 있는지, 알고 있다면 얼마나 많이 알고 있는지를 알아내는 것이다. 만약 알고 있다면, 가능한 빨리 조치를 취해야 하니까. 혹시라도 알고 있는 것에 대해 소문이라도 낸다면, 그때는……? 나는 몸을 떨었다.

하지만 서두르면 안 된다. 녀석이 눈치채지 않도록, 침착하게.

"한 가지만 물어보자. 우리 학교를 잠시 떠났을 때, 유리를 만난 적 있나?"

"없습니다."

A4 용지에 몇 글자 써 내려가던 녀석이 대답했다.

"정말이야? 편지나 전화, 뭐 그런 것도? 넌 이미 나와의 약속을 한 번 어겼었어. 그런데 믿으라고?"

"그때는……. 그땐 어쩔 수 없었습니다. 하지만 그 이후에는 없었습니다."

"됐어."

"그게 유리를 위해서 좋을 것 같았습니다."

"됐다니까! 알았으니까, 그만하란 말이다!"

소리를 쳤다. 그러고 나서 금방 후회했다. 설마! 내가 고작 이런 놈과 이야기를 나누면서 긴장한다는 건가, 하는 생각 때문에. 나는 얼굴이 달아올랐다.

나는 감정을 추스리고 다시 물었다.

"엊그제는 왜 그랬나? 선생님들께 반항하는 건가? 학교에?"

"아닙니다. 다만 유리를 위해서 해 줄 수 있는 게 그것밖에 없었습니다."

이 자식이 드라마 찍나. 녀석이 하는 한 마디마다 꼴 같지가 않게 들린다. 가소롭다.

"네가 뭔데 유리를 위해 그런 짓을 벌이지?"

"사랑했으니까요."

소름이 쭉 돋았다. 머리에 피도 안 마른 녀석의 입에서 저런 말이 선뜻 나오다니. 당돌하기보다는 무모하지 않은가. 그것도 선생 앞에서. 아니, 놈은 나를 선생이라고 생각하고 있기나 한 건가? 너희들이 나를 살모사라고 한다지? 나에게 한 번 물려 볼래?

"네가 뭔가 착각하는 모양인데, 설마 너와 유리가 어울린다고 생각하는 거야?"

너와 유리는 계급이 달라, 계급이! 너도 유리의 노트를 보았으면 알 테지만, 유리도 말했잖아. 계급이 다르다고. 난 그런 말을 하고 싶은 거였다. 그 말을 참느라, 나는 주먹을 꽉 쥐어야 했다. 하지만 지금은 이런 일로 흥분해서는 안 된다.

녀석은 아무런 대꾸도 하지 않았다. 이럴 때는 좀 더 세게 나가 보자. 나는 크게 숨을 몰아쉰 뒤에 물었다.

"넌 유리가 왜……. 그래, 왜 그랬다고 생각하니?"

"어쩌면, 저 때문인지도 모릅니다."

"뭐라고?"

허를 찌른다. 모른다고 답하거나, 자신은 아니라고 주장하는 게 보통의 아이들 모습인데 이놈은 생각지 못한 대답으로 나를 당혹케 하고 있었다. 자신 때문이라니. 도대체 무슨 말일까?

"약속을 지키지 못했습니다. 유리는 내가 자신을 실망시키면 죽어 버릴지도 모른다고 말했습니다."

"약속이라니?"

"유리는 저를 자신이 쓰고 있는 소설의 주인공으로 만들어 주겠다고 했습니다. 대신 자신의 곁을 떠나지 말라고 부탁했습니다. 그 약속 꼭 지켜달라고 말입니다. 하지만 저는 떠났습니다. 아니, 떠나려 했습니다."

제법 흥미진진하다. 더 들어볼 필요가 있겠다 싶었다.

"떠난다는 건? 아, 전학을 말하는 거였나?"

"그것도 포함해서입니다."

"그럼, 유리는 너에게 학교를 떠나지 말라고 했겠군."

“네, 절대 떠나지 말라고 말했습니다. 그리고…….”

놈이 슬쩍 내 눈치를 봤다. 나는 아량을 베풀기로 했다.

“괜찮아. 이야기해 봐라.”

“저도 이해할 수 없는 말이었습니다. 사제들의 음모에 희생되어서는 안 된다고 말했습니다. 그리고 저에게 프로메테우스가 되어 달라고 했습니다.”

“프로메테우스라면 인간에게 불을 훔쳐다 준 그 신을 말하는 건가?”

“네, 다만 심장은 내주지 말라고 했습니다.”

“그게 무슨 말이야? 그리고 그 신과 네가 무슨……?”

“모르겠습니다. 유리가 무슨 의미로 그런 말을 했는지, 도무지…….”

“좋아. 그럼, 넌 왜 떠나려고 마음먹었지? 하지만 뭐, 그건 네가 선택한 일이었어. 그건 알고 있지?”

“알고 있습니다. 저는 유리에게 조금이라도 해가 되는 일은 하기 싫었으니까요.”

“다만 그뿐이냐? 네 잘못은 인정할 수 없다는 뜻이냐?”

녀석은 대답하지 않았다.

아무래도 좋았다. 어차피 난 녀석에게는 애초부터 관심이 없었다. 유리가 아니었다면 녀석을 만날 필요도 없었을 테니까.

은밀한 거래

6월에 프린스, 아니 영후란 녀석을 처음 만났다. 전달 모의고사에서 유리가 112등이나 떨어진 뒤였다.

나는 내심 긴장했다. 담임이었고, 유리 어머니에게 과외 선생을 소개해 준 것도 나였다. 그러나 다행히 유리의 어머니는 찾아오지 않았다. 나에게 전화를 걸었을 뿐이었다.

남편과 별거 중이에요. 선생님께서 격려해 주세요.

그게 전부였다. 그래서 나는 유리를 불러 말했다.

넌 똑똑한 아이니까, 이번에는 네가 어른들을 이해해 주는 게 어떨까? 충격은 크겠지만, 잘 견뎌내 보자. 선생님이 도와줄게. 자, 파이팅!

내 비위에 그런 정도면 노력한 거다. 다행히 유리는 그 자리에서는 고개를 끄덕였다. 하지만 6월 시험 때에도 유리의 성적은 오르지 않았다. 그랬을 때에도 유리 어머니는 찾아오지 않았고, 과외 선생을 바꿔 달라는 말도 하지 않았다. 유리 어머니의 이름이 신문에 간간이 오르내리고 있을 때였다. '비리', '등록금 유용'이라는 단어가 함께 들먹거려졌으니까, 그런 복잡한 일을 눈앞에 두고 과외 선생까지 신경 쓸 여력이 없었을 것이다.

7월이었다. 유리 어머니가 나를 시내 호텔 커피숍으로 불러냈다. 그것도 점심시간에. 이번엔 좀 불안했다.

"

유리 어머니는 대뜸 이런 말을 했다.

이유를 알았습니다. 유리가 성적이 떨어진 이유를요. 남자애 때문이에요.

그기 참말입니꺼?

반사적으로 물었다. 안도와 '쪽팔림'이 동시였다. 성적이 떨어진 이유를 나와 관련 없는 곳에서 찾았다는 데에서 나는 한시름 놓았지만, 빌어먹을 사투리는 뭔가. 얼굴이 붉어졌다. 바로 그때, 영후의 이름이 처음 내 귀에 들어왔다.

그 학교에 민영후라는 아이가 있지요?

그런 이름은 들어본 적이 없었다. 그러므로 그 애는 장미반이 아닐 것이라고 나는 확신했다. 나는 고개를 갸웃거렸다. 유리 어머니가 말을 이었다.

유리가 그 애와 사귀고 있습니다.

사귄다고요?

아니, 사귄다기보다는…… 그러니까 제 말은 우리 유리는 벌써부터 남자애를 사귈 애가 아닌데…….

나는 유리 어머니의 의도를 단박에 알아차렸다. 희생양이 필요하다는 거였다. 끝까지 자신의 스캔들은 말하지 않았다. 아니, 무슨 일이 있어도 그것은 핑계가 돼서는 안 될 것이었다. 물론 나도 유리 어머니의 고해성사를 듣자는 건 아니다. 그건 고객에게 할 짓이 아니니까.

나는 잠시 일어나 화장실로 갔다. 그리고 학교 전산실로 전화를 해서 민영후라는 아이를 찾아달라고 했다.

들꽃 3반. 6월 모의고사 298등. 특기는 노래와 춤. 홀어머니, 옥탑방……. 듣다가 말고 나는 전화를 끊었다. 별로 들을 가치가 없는 말들이었다.

다시 유리 어머니 앞에 앉아 물었다.

그런데 어떻게 아셨지요?

어쩌다가…… 사람을 시켜 알아봤습니다. 춤을 추는 아이라고 하더군요. 비보인가 뭔가, 랩퍼라던가? 백댄서 경력이 있다고도 하더군요. 지난 주말에는 밤늦게까지 대학로에서 놀았답니다. 그 남자애하고요. 그 남자애가 댄스 배틀 하는 것을 구경하면서 맥주도 마시고……. 그 문제아 때문이에요.

말이 많아지고 있었다. 유리 어머니는 식은 커피 대신 자주 물컵을 들었다가 놓곤 했다. 횡설수설했다. 그 어수선한 이야기의 결말은, 유리 잘 부탁드립니다, 선생님만 믿습니다,였다.

나는 그날 오후, 녀석과 처음 마주 앉았다. 자괴감이 들었다. 장미반 아이도 아니고 들꽃반 아이를 상대해야 한다는 건 몹시 귀찮은 일이었다. 더구나 녀석은 들꽃반 문제아들 특유의 고집을 부렸다.

유리가 먼저 따라오겠다고 했습니다.

아마 그래서 집중력을 잃었는지도 모르겠다. 나는 몇 번 윽박지르고, 타협을 권했다.

잘못했다고 써라. 그리고 다시는 안 그러겠다고. 유리 만나지 않겠다고. 그럼 돼. 쉽게 끝낼 수 있는 걸 오래 끌 필요는 없는 거야.

그래도 녀석은 한동안 버텼다. 잘못한 것이 없다고, 계속 같은 말을 반복했다. 그래서 나는 녀석과 치열한 소모전을 벌이지 않으면 안 되었다.

우선 네가 유리와 함께 놀았다는 것 자체가 잘못한 일이야. 유리는 장미반이고, 넌 들꽃반이야. 이 말은 들꽃반인 네가 장미반인 유리의 공부를 방해했다는 결정적인 증거가 되지. 내 말 알겠나?

그게 어떻게……. 하지만 유리가 먼저 제게 함께 놀자고 했습니다.

물론 그럴 수도 있어. 하지만 그랬더라도 너는 거절했어야지. 그게 네 본분에 맞는 일인 거야. 그런데 넌 어떻게 했어? 넌 그 애에게 춤까지…….

그것도 유리가 보고 싶어 했기 때문입니다.

이것 봐라. 이젠 내 말까지 자르고 나섰다. 나는 더 침착할 필요가 있었다.

그건 중요하지 않아. 네가 그것을 보여주었다는 것 자체 역시 네 잘못이야. 그런 천박한 춤을 보여주고 밤늦게까지 거리를 배회한 건 너처럼 불량스러운 아이들이나 하는 짓이란 걸 몰라?

제 춤은 천박하지 않습니다. 그건 제 삶의 일부입니다.

순간 나는, 욱했다. 입은 살아서 잘도 나불댄다. 언제까지 이럴 수 있는지 보자. 나는 속으로 콧방귀를 뀌었다.

말 잘했다. 그건 네 삶이다. 그런 네 삶으로 유리의 삶의 한 부분이 오염된 거야. 그것도 큰 잘못이야.

저는 선생님께서 무슨 말씀을 하시는지 모르겠습니다.

녀석도 제법 강도 높게 나에게 도전해 왔다. 모르겠다,라니? 물론 나는 놈에게 휘둘리지 않았다.

좋아. 그럼 맥주는? 그건 어떻게 설명할 거지?

맥주는…….

녀석은 첫 마디를 꺼낸 뒤에 나를 쳐다보았다. 그리고 나와 눈이 마주치자 말을 이었다.

저는 마셨지만, 유리는 마시지 않았습니다. 저는 권하지도 않았고, 유리가 마신다고 할 때 오히려 제가 마시지 말라고 했습니다.

역시 그것도 중요하지 않아. 너와 유리가 만났을 때, 그 자리에 맥주가 놓여 있었다는 사실이지.

선생님, 전 정말 선생님이 무슨 말씀을 하시는지…….

그러니까 반성문 써.

나는 놈의 말을 끊었다. 그리고 핵심을 곧바로 전달했다. 놈이 조금씩 지쳐가고 있는 게 눈에 보여서였다. 이럴 때는, 단숨에 놈의 급소를 찌르는 게 가장 좋은 방법임을 나는 알고 있었다.

잠시 녀석은 말이 없었다. 그러더니 마침내 테이블 위에 놓인 펜을 집어 들었다.

결국 녀석은 세 장의 반성문을 쓰고 나서 돌아갔다.

하지만 나는 상대를 너무 만만히 보았던 거였다. 녀석은 마침내 나를 곤경에 빠뜨렸다.

나는 한 달 만에 녀석을 경찰서에서 다시 만났다. 녀석은 유리를 제 바이크 뒤에 태우고 올림픽 대로를 질주하다가 붙잡혔다. 경찰관은 그 애들이 보호 장구도 착용하지 않았다며, 도로교통법 운운했다.

뒤미처 달려온 유리 어머니는 영후를 다짜고짜 폭주족으로 몰아세웠다. 자초지종을 들어볼 생각도 않고, 모든 게 영후 때문이라고 했다. 사실 유리 어머니는 그걸 원했던 거였다.

나도 그럴 생각이었다.

하지만 신중해야 할 필요가 있었다. 따귀를 올려 부치거나, 정학을 주거나, 혹은 지루한 설교는 녀석에게 통하지 않을 게 분명했다.

나는 낯간지러운 짓이긴 했지만, 녀석과 거래를 하기로 마음먹었다.

너와 유리는 무기정학에 처해질 거야.

영후를 상담실로 불러 말했다. 그리고 시간을 주었다. 나의 미끼를 물기를 바랐다. 하지만 녀석은 쉽게 미끼를 물지 않았다. 묵묵부답. 녀석은 나에게서 더 많은 것을 원하는지도 몰랐다. 그래서 녀석을 떠보았다.

왜 그랬지? 이번에도 유리가 먼저 가자고 졸랐나?

네. 가슴이 터질 것 같다고 했습니다.

역시 용의주도한 녀석이다. 자신이 그 말을 꺼내도록 내 질문을 기다렸던 것이다. 하지만 나도 물러설 수는 없었다.

그랬겠지. 하지만 유리가 원하도록 만든 게 너였다는 생각은 안 들어?

됐다. 놈은 당황한 표정이 역력했다. 허를 찔린 듯 넋을 놓았다. 나는 때를 놓치지 않았다. 다시 미끼를 던졌다.

너는 그렇다고 쳐도, 유리까지 무기정학을 당하게 할 수는 없다. 내 말 이해하나?

유리는 너와 질적으로 다른 아이야. 난 그렇게 말하고 있는 거였다. 나는 이어 말했다.

유리를 좋아하나?

녀석은 대답이 없었다. 그래서 나는 적당한 간격을 두고 녀석의 심장부를 향해 돌진해 나갔다.

좋아한다면, 그 애까지 곤경에 처하도록 하면 안 되겠지. 그리고 우리 학교는 랩퍼나 백댄서를 원하지 않아. 그건 네가 설사 유명해진다고 하더라도 마찬가지야.

그럼…… 다른 학교로 가란 말씀이십니까?

역시 녀석은 눈치가 빨랐다. 그런 만큼 미끼도 덥석 물었다.

강요하지는 않겠다. 네 판단을 존중할 거야.

제가 전학을 가면 유리는 무사할 수 있는 겁니까?

어때? 그렇게 해볼래?

나는 고개를 끄덕이며 되물었다.

네.

녀석이 낮은 목소리로 대답했다. 꽤 망설일 줄 알았는데, 별로 시간이 걸리지 않았다. 대담한 만큼 결정도 빨랐다. 놈이 들꽃반만 아니라면, 꽤 상대해 볼 놈인 듯하다.

하지만 녀석이 전학할 학교를 찾는 데 시간이 걸렸다. 어떤 학교는 감사를 핑계로, 또 어떤 학교는 교장이 장기 출장 탓에…… 이 학교 저 학교 알아보고 돌아다니는 사이에, 결국 유리가 먼저 사고를 내고 만 것이었다.

그런 기억을 접고 나는 다시 영후를 마주 보았다.

"안타깝지만 유리에 대한 몇 가지 안 좋은 소문이 있다. 알고 있나? 그리고 그 중심에 네가 있다는 것도?"

녀석은 또 입을 닫았다.

서서히 짜증이 나기 시작했다. 내가 오히려 놈의 페이스에 말려들고 있는 기분이었다. 그럴 수는 없었다. 나는 정면 돌파를 하기로 마음먹었다.

나는 서랍을 열어 하늘색 파일첩에 들어 있던 A4 용지 반 장만 한 메모지를 꺼냈다. 그리고 그것을 놈 앞으로 밀어 놓았다.

놈은 메모지를 집어 들고 읽기 시작했다. 예상했던 대로 놈의 표정이 일그러졌다.

"얼마 전에 이런 투서를 받았다. 유리가 누군가에게 성폭행을 당했다는……."

맞다! 바로 이거다. 얼결에 꺼낸 말에, 나는 머릿속이 환해지는 느낌을 받았다. 혼자였다면 주먹이라도 불끈 쥐었을 것이다. 가슴이 뛰었다. 나는 침을 꿀꺽 삼켰다. 실제로 그런 소문이 나돌고 있는 걸, 나도 들었다. 원래 궂은일에는 별의별 이야기가 다 떠도는 법이니까. 다만 구체성이 없을 뿐. 만약 그 조건만 충족한다면, 그것이 유리가 자살한 이유가 될 수 있지 않을까? 내 머리는 다른 때보다 빨리 회전하고 있었다.

"저는 상관없는 일입니다."

예상한 대답이었다. 하지만 나는 그럴수록 집요해져야 한다,고 생각했다.

"상관이 없다고? 설사 그렇다고 쳐도 그걸 누가 믿어 줄까?"

"그럼 선생님은 제가 유리를……? 그건 소문이고 추측일 뿐입니다. 저는 유리의 손 한번 제대로 잡아 본 일이 없습니다. 오히려 유리는……."

놈이 말끝을 흐렸다. 내가 준 메모지를 만지작거렸다. 나는 곧바로 되물었다.

"뭔데?"

"유리는 자기가 좋아하는 사람이 따로 있다고 했습니다."

"흠! 그래서 홧김에 유리를 건드렸다?"

떠보는 거였다. 이제 그만 포기해라. 그쪽으로 마무리하자. 내 말은 이런 의견을 전달하기 위한 거였다. 하지만 놈은 고개를 저었다.

"저는 그렇게 무책임하지 않습니다."

물론 예상한 반응이었다. 그래서 한 번 더 에둘러 돌아가기로 했다. 나는 한 가지만 더 묻기로 했다.

"유리가 좋아하는 사람이 있었다고? 그게 누군데?"

"그건 저도 모릅니다."

결국 놈은 자신의 말을 지켜 낼 아무런 근거도 가지고 있지 않다는 뜻이었다. 이제 놈을 옴짝달싹 못하게 몰아부칠 필요가 있었다.

그런데 하필이면 그때, 갑자기 교무실 앞문이 열렸다.

"이리 와, 이 새끼!"

학생주임이었다. 그는 한 여학생의 팔을 잡아끌고 있었다.

"그 아이는 또 뭐예요? 행운의 편지 돌리다가 걸렸어요?"

교무실에 있던 다른 선생 하나가 물었다.

"네, 알고 봤더니 이 녀석이 시작한 거였어요. 이놈이 장난 친 게 틀림없어요."

학생주임의 그 말에 나는 옆에 끌려온 여자 아이에게 시선을 꽂았다. 눈에 익은 얼굴이었다. 아, 맞다. 들꽃반 교실에서 유리와 늘 함께 앉아 있던 아이였다.

"아니에요. 선생님. 저는 오는 편지를 되돌려 보냈을 뿐이에요.”

여자아이가 강하게 도리질을 쳐댔다.

“민지희, 그럼 이건 뭐야? 종류별로 쓰인 행운의 편지 말야. 이게 다 네 가방에서 나왔잖아.”

“그냥, 가지고 있었을 뿐이에요. 누가 그랬는지 알고 싶어서요.”

“뭐? 네가 무슨 CSI라도 돼? 그럼, 이건 뭐야? 유리가 쓴 노트라며?”

그러면서 학생주임은 대학노트 한 권을 들어 보였다. 순간, 나는 얼결에 일어나고 말았다. 그것은 유리의 노트였다.

“제가 가지고 있다가 얼마 전에 잃어버렸었어요. 그랬다가 다시 되돌아 왔어요.”

“이놈이 지금 장난을 치나? 그게 말이 돼? 지금 그걸 나보고 믿으란 말야?”

“정말이에요, 선생님. 저는 아무것도 몰라요.”

“시끄러워. 네 녀석 진작부터 알아봤어. 지난번에는 반성문을 쓰랬더니, 유리가 자살한 게 아니라고, 모두의 책임이라고 썼지? 세상에…….”

학생주임과 여자아이가 나누는 대화를 들으며, 어느새 나는 그들 가까이 다가가고 있었다. 시선은 유리의 노트에 고정되어 있었다.

“이걸 왜 네가 가지고 있지?”

나는 학생주임의 손에서 노트를 뺏어 들고 물었다.

"이 노트에 대해서 아세요?"

학생주임이 물었다.

"그, 그럼요. 유리란 녀석이……, 그러니까 바로 그날 수업 시간에 이걸 보고 있어서, 제가 좀 혼을 내고 압수를 했었지요. 책상 위에 올려놓았다가 잃어버렸었죠."

나는 횡설수설했다. 지금의 상황이 잘 정리가 되지 않았던 탓이다. 나는 노트를 이리저리 뒤져보았다. 맞다. 바로 그 노트였다. 유리가 썼다는 판타지 소설 노트.

그 노트를 뒤적이고 있는 사이에, 학생주임의 목소리가 귓전에서 앵앵거렸다.

"민지희, 범인은 바로 너였어. 세상에……."

나는 가슴이 뛰었다. 변수가 생긴 거였다. 득이 될지, 아니면 독이 될지 알 수 없는 돌발적인 상황. 머리가 복잡해지기 시작했다.

5장

프린스,
프로메테우스의 귀환

춤추는 보헤미안

……한때는 록 스테디 크루(Rock Steady Crew)를 거쳐 간 댄서들을 꿈꾸었어. 크레이지 레그(Creazy Leg), 이지 록(Easy Rock), 미스터 위글스(Mr. Wiggles)……. 그들은 뉴욕의 중심에 서서 세계를 쥐고 흔들었어. 비보이 서미트(B-Boy Summit)라는 댄스 축제가 열렸을 때, 사람들은 그것이 춤이 아니라 새로운 언어라는 것을 오래지 않아 깨달았어. 온몸으로, 근육과 뼈와 관절과 그것들이 부대끼면서 하나의 몸짓이 만들어질 때마다 사람들은 전율했지. 그런데 과연 무슨 언어였을까? ……아, 참! 왜 하필 힙합을 하느냐고 물었지? 왜 브레이킨이냐고? 남들이 바로 서서 춤을 출 때, 그들은 물구나무를 섰고, 다른 사

람들은 남들에게 보여주기 위해 최선을 다했지만, 그들은 자신 스스로를 표현하기 위한 것이었어. 그래서 다른 사람들이 무대 위에서 춤을 출 때, 그들은 거리의 사람들과 함께 춤을 추기를 원했어. ……사실 그들의 춤은 분노야. 그 분노는, 수백 년 쌓여 있던 흑인들의 한이기도 하면서, 골목길 소외된 자들의 외침 같은 것이기도 하지. 그래서 그들의 춤은 늘 폭발적이고, 파괴적이야. 자신의 내면에 숨어 있던 외침들을 끌어내기 때문이지. ……음악도 마찬가지야. 비트 하나하나를 네 가슴으로 느껴 봐. 그 비트는 우리의 심장을 펌프질해서 우리 몸 속에 피를 돌게 해. 그래서 그들의 춤판 옆에 가면, 함께 어울리게 되는 거야. 자연스럽게. 그 비트가 나를 그 안으로 끌어들이는 거지. 그러다 보면 어느새 그 안에 있는 너 자신을 발견하게 될 거야…….

유리를 두 번째 만났을 때였다. 그런 말들을 했던 것 같다. 횡설수설했다. 옳은지 그른지 분간할 생각도 하지 않고. 누군가에게 그렇게 많이 떠벌려 보긴 처음이다. 흥분했던 것이 분명하다.

프린스, 너를 내 소설의 주인공으로 삼을 거야. 물론 나를 구해 준 보답은 아니야. 그게 아니더라도 넌 충분히 자격이 있어.

그 말을 나는 아주 현실적으로 받아들였나 보다. '주인공이 된다는 것'은 그것이 무엇이든 간에 내가 늘 꿈꾸던 단어였으니까.

그리고 일주일 후, 유리가 보여준 노트의 주인공은 정말로 나였다.

……노 멘스 힐에는 전사가 되기를 거부하는 집시들이 있었다.

집시들은 사제의 감시와 통제에서 종종 일탈을 시도했다. 불규칙적인 시간 관습, 날마다 다른 머리 모양새, 규격에 맞지 않는 옷차림, 감정에 충실한 말투, 간혹 욕설. 그것만으로도 집시들은 아이스 랜드의 전사들과 구별되었다. 게다가 그들은 노래를 좋아했고, 때로는 수다스러웠으며, 개중에는 시를 좋아하는 이들도 있었다. 그래서 그들은 노 멘스 힐의 '골칫덩어리'였다. 사제들의 '수치'였고, 나처럼 '벌레'였다.

사제들이 원하는 것은 버그와 바이러스가 없는 사이보그였다. 전사들이 프로그램에만 충실한 아바타가 되어 주기를 바랐다. 그러므로 전사들은 자의식 따윈 갖지 말아야 했다.

실제로 아이스 랜드 전사들은 사제들의 요구와 명령에 잘 따랐다. 그들은 때로는 생명의 위험을 무릅쓰고 자신의 충성을 시험하기도 했다. 가령 사제들이 하루에 15시간 이상 훈련에 참가하라고 하면 그대로 행동으로 옮겼다. 잠자는 시간을 줄이라고 하면 주저 없이 줄였다. 휴식 시간에도 쉬지 말고 훈련 교본을 외라고 했을 때에도, 그것도 지켰다. 아니, 사제들이 요구하는 것 이상을 해내며 과잉 충성하는 전사들도 꽤 있었다. 나처럼 벌레가 되는 것을 두려워하고 있었기 때문이다.

오래전, 나도 그들 중 하나였다. 나 역시 코피를 쏟으면서도 잠자는 시간을 줄였다. 참아야 한다고 했으므로 참았다. 그것이 모두 나 자신을 위해서라는 말을 철저히 믿었으므로.

그러나 집시들은 달랐다. 그들은 자주 일탈했고, 수시로 금기를 위반했다. 그들은 자유를 외쳤고, 개성을 부르짖었다. 말은 하지 않았다. 머리의 모양새를 바꾸었고, 바지나 스커트의 길이를 늘리거나 줄였으며, 귀와 손에는 액세서리를 매달았다. 그들의 시위는 참으로 소박하고 앙증맞기까지 했다. 그러므로 그들은 절대로 사제들을 위협하지 못했다.

그들을 진정으로 위협하는 건 프린스뿐이었다. 왜냐하면 그는 심장을 빼앗기지 않은 프로메테우스였으니까.

프린스의 주위에는 항상 노래를 부르고, 춤을 추는 집시들이 몰려들었다. 그들의 노래는 서사시처럼 주인공이 있고, 줄거리가 있었다. 좋은 악기 대신 부르튼 입술로 그들은 '푹치기 박치기'를 했다. 그런 다음에는 관절을 꺾고, 서로 부딪치고, 몸을 날리고, 회전을 하고, 물구나무를 서며, 온몸을 내던졌다. 그것이 그들의 노래였고, 언어였다.

프린스는 내게 말했다. 자신은 춤을 추는 것이 아니라, 이야기를 하고 있는 것이라고.

가슴이 답답할 때는 윈드밀(Windmill)을 해. 어디론가 멀리 뛰쳐나가고 싶을 때 말이야. 양손과 머리, 그리고 등을 이용해서 회전하는 거야. 그럴 땐 하늘을 향해 다리를 벌린 채 쭉 뻗고 내가 가고 싶은 곳을 짚어 보는 거야. 발끝으로 말야. 참, 그리고 정말 머리가 아플 때는 헤드 스핀이 좋아. 온 세상을 빙글빙글 돌려 놓는 거야. 돌기는 내가 돌지만, 세상이 도는 것 같아. 그러다가 프리즈(Freeze)!

프리즈?

그래. 갑자기 탁 멈추는 거야. 그러면 온갖 잡생각들이 폭풍처럼 휩쓸려 달아나. 알지? 지구가 갑자기 자전을 멈추면 엄청난 폭풍이 온다지? 바로 그것처럼, 내가 멈추는 순간, 세상은 오히려 더 큰 폭풍이 일어나는 거야. 그러면 반대로 나는 고요해지지.

그럼, 넌 지구가 자전하는 반대 방향으로 회전을 하겠구나. 그래야 더 큰 폭풍우가…….

참으로 어눌한 질문이었다. 그래서 말끝을 흐렸다.

하하. 재밌는 말이네. 이쪽으로 회전하니까……. 그렇네.

그럼 나에게 보여줄 수 있어? 모든 걸 다 그만두고 싶을 때, 넌 어떻게 하는지.

잠깐 침묵했다. 눈은 내 눈을 바라보았다. 그 눈빛은 푸르게 빛났다. 나는 프린스를 좋아하게 될 거라는 생각이 들었다. 문득 그에게 나의 이름을 말해 주고 싶은 생각이 들었다.

나는 유리야. 내 이름은 유리야.

그때, 그가 고개를 끄덕였다.

잠시 후, 프린스는 어느새 몰려든 사람들 한가운데로 나섰다. 그리고 사람들이 보는 앞에서 손을 들어 나를 가리켰다. 사람들

의 시선이 일제히 나에게로 향했다. 프린스와 내 앞을 가로막았
던 사람들이 길을 터주었다.

곧 프린스의 춤이 시작되었다.

암 웨이브. 전율처럼 한쪽 손끝에서 시작된 떨림이 몸을 지나
쳐 다시 다른 한쪽 손끝까지 이르렀을 때, 그 손끝은 다시 한 번
나를 가리켰다. 그리고 푸에떼(fouetté). 프린스는 끝날 줄 모르
고 그 자리에서 돌고 또 돌았다. 얼핏 발레리나를 연상케 했다.
이어, 리프트. 다른 춤꾼이 나와 그를 들어 올렸다. 그리고 그 탄
력으로 그는 하늘로 새처럼 날아올랐다. 떨어지면서 어깨로 땅
을 짚으며 그 탄력으로 바로 일어섰다. 그러다 한순간, 멈추는
듯하다가 뒤로 회전하며 스트레칭을 한 뒤, 곧바로 윈드밀. 프린
스는 어깨와 손과 등으로 회전했다. 그러곤 수없이 회전하다가
이번엔 헤드 스핀. 열 번쯤? 이윽고 갑자기 정지! 프리즈다! 그
하나의 발끝이 나를 가리켰다.

그래서 나는 입속으로 말했다.

난, 유리야! 프린스, 내 이름을 오래 기억해 줘. 넌 나를 사랑
하게 될 거니까. 나의 프린스.

어때? 마음에 들어?

노트를 다시 건네자 유리가 물었었다.

그때, 나는 대답을 하지 않고 딴청을 피웠다. 어떤 표정, 어
떤 말로 답해야 할지 몰라서였다. 허둥댄 것이다. 나는 그것을

숨기기 위해서 쪼그리고 앉은 채 두 손을 모아 깍지를 꼈다.

아무런 대답이 없는 걸 보니, 별로인가 보네.

아니, 아니야. 그런 건 아니고.

그럼 왜?

솔직히 말하면 당혹스러웠기 때문이다. 그걸 아무리 소설이라 해도 민망한 건 어쩔 수 없다. 프로메테우스는 무슨 말인가. 춤추는 보헤미안은? 그리고 내가 자신을 사랑하게 될 것이라고? 유리가 이토록 당돌한 아이였던가, 하는 생각도 들었고. 게다가 '나의 프린스!'라니. 낯이 뜨거웠다.

그러다가 나는 피식 웃었다. 소설이지 않은가. 나는 유리가 정말 나를 좋아한다고 착각하는 건가. 내가 유리를 좋아하는 건 맞지만.

한참 뒤에 나는 대답했다.

소설 속의 프린스가 나라면, 너무 과장된 것이 아닌가 해서.

내 딴에는 겸손을 떠는 거였다. 그런데 그것을 눈치챈 걸까? 유리가 웃었다.

푸하. 너도 쑥스러워 할 줄 아는구나.

그러더니 벌떡 일어나 나에게 다가왔다.

나 좀 잡아줘. 너처럼 거꾸로 서 보게. 그럼 세상이 달라 보일까?

그러더니 다짜고짜 물구나무를 서려 했다. 나는 얼결에 유리의 발목을 잡고 거꾸로 세워 주었다.

후두둑.

유리의 주머니에서 동전이 떨어졌다. 잠시 후에는 휴대폰과 향수병, 그리고 열쇠고리도 떨어져 내렸다. 그걸 보더니 유리는 또 까르르 웃었다.

와, 정말이네. 내 일상의 물건들이 다 달아나고 있어. 그리고 온전히 나만 남는걸……. 멋져, 프린스!

주인 없는 노트

"이제 그만 일어나!"

잠깐 감았던 눈을 떴다. 메마른 등나무 줄기 옆으로 지희의 얼굴이 나타났다. 생각도 빠르게 흩어졌다. 나는 물구나무를 선 채 가부좌를 틀었던 다리를 내려 바로 앉았다.

"뭐하고 있었던 거야?"

"생각 좀 했어."

"넌 이러고 생각하니?"

"그냥……, 머리 아플 때. 그런데 네가 웬일이야? 준영이는?"

"왜? 준영이 기다리다가 내가 나타나니까 실망이야?"

삐딱한 말투였다. 적대감이라고까지는 할 수 없었지만, 경계심은 느껴졌다.

"난 다만 네게 묻고 싶은 게 있어서 온 거야. 너도 정문 앞 게시판에 붙은 공고문 봤지?"

"봤어."

게시판에는 지희를 2주간의 유기정학에 처한다는 공고문이 붙어 있었다. 하지만 내 반응이 의외였던지, 지희는 멋쩍어 했다.

"퇴학은 겨우 면했어. 그런데 너도 내가 그랬다고 생각하니? 내가 학주한테 잡혀갔을 때, 넌 살모사와 거기에 있었잖아."

"글쎄……."

"글쎄라니? 너도 내가 그랬다고 생각하는 거야? 정말 내가 범인이라고 믿는 거야? 그래?"

다그치면서도 묘하게 조르고 있는 투였다. 빨리 아니라고 대답해! 하지만 나는 지희의 얼굴만 쳐다보았다.

대답은 뒤쪽에서 날아왔다.

"적어도 지희는 아니야. 내가 그건 충분히 설명했을 텐데!"

준영이었다. 예의 차분한 표정이었다. 준영은 내 맞은편에 앉았다. 그리고 쪽지를 내밀었다. 행운의 편지였다. 나는 반사적으로 눈살을 찌푸렸다.

"또 이 편지에 대한 이야기를 해야 하니?"

하지만 내 말에도 준영이는 손을 거두어 들이지 않았다.

"어제 저녁때, 돌기 시작했어."

하는 수 없이 나는 쪽지를 받아 들었다. 중간의 낯선 두 문장이 눈에 들어왔다.

유리는 49장 중에서 단 3장을 빠뜨려 옥상에서 뛰어내렸습니다. 그리고 지희는 49장 중 7장을 다 돌리지 못하여 범인으로 지목되었습니다. 지희는 범인이 아닙니다.

편지를 모두 읽고 나서 준영이를 쳐다보았다.

"물론 지희가 쓰지 않았다는 전제가 있어야겠지."

기다렸다는 듯 준영이 말했다. 그사이 지희는 내 손에 들려 있던 행운의 편지를 낚아챘다. 그러더니 서둘러 읽고 말했다.

"뭐야, 이거! 난 아니야. 내가 쓰지 않았어. 내가 무엇 때문에 이런 장난을 해."

"하지만 이 내용은 오히려 지희를 더 의심하게 만들 거 같은데?"

지희의 말에 내가 대꾸했다. 그러자 고개를 끄덕이며 준영이 말을 받았다.

"맞아! 더구나 이 편지는 손 글씨가 아니고 컴퓨터로 써서 프린트로 뽑아낸 거야."

나는 지희와 준영이의 얼굴을 한 번씩 쳐다보았다. 곧 준영이의 시선은 지희에게 향했다. 지희는 고개를 숙였다. 한동안 아무 말도 하지 않았다. 손톱을 뜯었다.

내가 먼저 입을 열었다.

"노트……."

"나도 이해할 수가 없어. 아메리카 살모사 책상 위에서 노트를 훔친 건 내가 맞아. 그런데 책상 서랍 속에 넣어 두었다가 나도 잃어버렸어. 준영이 네게 말했었잖아."

기다렸다는 듯 지희가 말했다. 준영의 동의를 구하는 표정이었다. 준영은 고개를 끄덕였다.

"그런데 그 노트가 엊그제 나도 모르는 사이에 내 가방으로 돌아와 있었어. 그리고 그걸 학주가 소지품 검사를 하면서 발견한 거야."

이번에는 나를 쳐다보았다. 이래도 못 믿어? 그런 표정이었다. 하지만 나는 대꾸하지 않았다. 무어라고 말하기에는 머릿속이 복잡했다.

그런데 지희는 또 억지 같은 말을 꺼냈다.

"더 이상한 일이 있어. 편지와 함께 돌아다녔다는 소설 일부 말이야. 하데스가 어쩌고 하는…… 그 부분은 유리가 쓴 게 아닌 거 같아."

"지희야, 지금 무슨 말을 하는 거야? 어제까지는 그런 말 없었잖아."

"틀림없어. 유리가 아메리카 살모사를 하데스 사제라고 말한 건 맞지만, 그 내용을 그렇게 장황하게 쓰지는 않았어.”

“확실한 거야?”

“틀림없어. 내가 유리의 노트를 몇 번이나 봤는데. 보고 또 봐서 욀 지경이란 말야.”

“가만, 지금 그럼…….”

지희와 준영의 이야기를 듣고 있다가, 모처럼 내가 나섰다. 하지만 지희가 말을 가로챘다.

“누군가 유리의 소설을 이어서 쓰고 있는 거야.”

“너는?”

간단하게 물었다. 지희는 나를 쳐다보았다. 표정이 날카로 워졌다.

“너는 여전히 나를 의심하는 거야?”

“왜냐하면 그걸 쓰려면 유리의 소설에 대해서 가장 잘 알고 있어야 하니까.”

“내 생각도 그래. 내용의 전모를 파악하고 있어야 하지. 그 래야만 완벽한 위조를 할 수 있지 않을까?”

내 말에 이어 준영이 나섰다. 지희는 당황해 했다.

“그래서…… 너도?”

“그래. 영후 말이 맞아. 하지만 그렇게 따지면 영후 너도 자 유로울 수는 없어. 너는 유리와 좋아하는 사이로 소문이 나 있어.”

지희를 보며 이야기하던 준영이 문득 내게로 시선을 보냈다.

“내가? 나에 대해서는 말했을 텐데.”

“넌 유리의 노트를 잠깐 보았다고 말했지만, 지희나 나는 알 수 없는 일이지.”

할 말이 없었다. 준영의 말은 차가우리만치 냉정했고, 빈틈이 없어 보였다.

“물론 우리 말고도 혜수나 또 다른 누군가가 의심을 받을 수 있겠지.”

“또 다른 누군가라니?”

이번에는 지희가 물었다.

“유리가 사랑했다는 그 사람 말이야.”

“하지만 지희가 학주한테 걸린 마당에 지금처럼 우리 말을 믿을 사람이 몇이나 될까, 하는 거야.”

솔직히 그런 이야기를 하고 싶은 거였는데. 나는 말해 놓고 뒷북을 친 것 같아서 시선을 다른 데로 돌렸다.

“알아. 그래서 학주가 날 범인으로 몰았고, 퇴학시킨다고 엄포를 놓은 거겠지. 하지만 내 말은 모두 사실이야.”

“어쨌든 넌 편지를 썼고 준영이까지 속였어…….”

내 말에 준영이도 고개를 끄덕였다. 지희는 얼굴을 붉혔다.

잠깐 동안 말이 끊겼다. 지희는 머리를 쥐어뜯었다. 씨발,이라는 소리가 아주 작게 들렸다. 이어 심호흡. 준비가 끝난 듯, 지희는 상기된 목소리로 입을 열었다.

“있는 그대로, 정확히 말해 볼게. 누군가가 행운의 편지를 시작했어. 그것도 유리의 글씨로! 만약 이 편지를 49명에게 보내지 않는다면 당신은 주홍글자를 단 채 4층에서 떨어질지도 모릅니다,라는 내용을 넣었지. 그때는 나도 정말 놀랐어. 그래서 난 그 편지에, 유리처럼 뺨을 맞고,라는 구절을 넣었을 뿐이야. 딱 한 번이야! 그리고 이후에는 내가 쓴 게 아니야. 이제 됐어?"

이해할 수는 있다. 행운의 편지에 유리의 이름을 넣었다는 말. 유리에 대한 지희의 마음을 모르는 건 아니니까. 하지만 그 다음은? 훔쳤지만, 잃어버렸다가 제발로 돌아온 노트라니? 썼지만 쓰지 않은 편지는? 게다가 누군가가 유리의 소설을 이어서 쓰고 있다?

나는 또 입을 다물 수밖에 없었다. 나는 잠시 화제를 돌려보기로 했다. 준영을 향해 물었다.

"넌 왜 날 보자고 한 거야?"

그러나 결국은 지희가 다시 말을 받았다.

"너에게 물어볼 게 있었어."

"뭔데?"

"그건……."

지희는 말을 더듬었다. 내 눈치를 보는 듯, 머뭇거렸다. 다른 곳으로 시선을 돌렸다. 나는 긴장했다. 대꾸하지 않고 기다렸다.

"터무니없는 소문이겠지만, 네가 직접 아니라고 대답해 줬으면 좋겠어.”

“아니야!”

나는 지희의 말이 끝나자마자 단호하게 말했다. 알고 있었다. 그 소문이 어떤 것인지. 그 때문에 나는 주저하지 않았다.

“하지만 멈추지 않아. 아니, 오히려 며칠 전부터 더 상세해지고 있어. 네가 유리를…….”

“네가 무슨 말을 들었든, 그건 사실이 아니야.”

“도대체 뭐가 사실이 아니란 거야? 그런 사실 자체가 아니란 거야, 아니면 강제로 한 게 아니란 거야?”

“너, 지금 무슨 말을 하는 거야?”

어이가 없었다. 지희가 다른 여자아이들보다 직설적인 건 알고 있었지만, 이건 좀 심하다는 생각이 들었다. 나는 화가 났다. 자신도 모르게 주먹을 꽉 쥐고 말았다.

“그 애는 사랑하는 사람이 따로 있다고 했어. 그런 아이에게 나쁜 짓을 할 만큼 내가 파렴치한은 아니야.”

“그럼, 그 사랑하는 사람이 도대체 누구란 거야? 결국 네 말은, 그 사랑하는 사람에게 유리가 당했다는 거야?”

“몰라! 나도 모른다고. 그래서 오히려 내가 너에게 물었잖아.”

자신도 모르게 목소리가 커졌다. 그리고 그런 김에 한 마디 더 했다.

“그리고 왜 소문을 그렇게 확신하는 거야? 정말로 유리가 성폭행을 당했는지는 아무도 모르잖아. 너도, 그리고 다른 사람들도 오로지 소문만 믿고 있는 거잖아.”

“나도 너를 믿어. 그런데 왜 그런 소문이 자꾸만 돌고 있는 거지? 게다가 어제가 다르고 오늘이 달라. 한동안 잠잠해지는 듯했는데 요 며칠 사이에 그 소문이 부쩍 심해졌어. 어제는…….”

“누구한테 들었니?”

지희의 말부터 끊었다. 그리고 벌떡 일어났다. 지희의 손목을 잡아 일으켰다. 지희는 헉, 소리를 내며 끌려 올라왔다.

“프린스, 아니 영후야!”

준영이 앞을 막았다. 하지만 나는 준영이를 밀쳐내고 지희에게 말했다.

“앞장 서.”

“됐어! 나도 그 애한테 화를 냈어. 헛소문 퍼트리지 말라고. 그런데 그 애도 다른 애한테 들었다는 거야.”

“어서!”

안 되겠다 싶었는지 지희가 앞서 걷기 시작했다.

“곧 야간자율학습이 시작될 거야.”

준영이 말했다. 하지만 나는 무시하고 지희의 뒤를 따랐다.

장미반 앞에 이르렀을 즈음, 야간자율학습을 알리는 종소리가 들렸다.

"시작종 쳤어!"

지희가 문 앞에서 머뭇거렸다. 그러나 나는 지희를 밀치고 문을 열었다. 그리고 안으로 들어섰다. 아이들의 시선이 일제히 내게로 쏠렸다. 조용하던 교실에 약간의 웅성거림이 일었다.

나는 그 아이들을 죽 훑어본 다음, 뒤따라 들어온 지희를 쳐다보았다. 지희는 잠시 머뭇거리다가 곧 결심이 섰는지 아랫입술을 꽉 깨물었다. 그리고 손을 들어 아이들 가운데 하나를 가리켰다.

"미라…….."

나는 주저하지 않고 다가갔다. 노란색의 머리띠를 하고 있는, 오종종한 얼굴의 여자아이였다.

"네가 나를 씹고 다녔다며?"

"흥!"

미라는 코웃음을 쳤다. 긴장한 표정이었지만, 겁먹지 않겠다는 뜻이었다.

"책임질 수 있어?"

"몰라! 난 아무것도 몰라."

미라가 소리를 높였다. 벋대 보자는 심산이었다. 조금은 예상 밖이었다.

일제히 내게로 쏠려 있는 반 아이들의 시선, 그리고 언제 선생님이 들이닥칠지 모른다는 불안감. 그런 상황들이 나를 압박했다.

나는 깊이 숨을 들이쉬고, 주먹으로 미라의 책상을 힘껏 내리쳤다. 쾅, 하는 소리와 함께 옆에 있던 여자아이들 몇몇이 꺄악, 하고 소리를 질렀다. 그 소리가 잦아들기 전에 나는 미라의 어깨에 손을 올렸다. 그리고 힘을 주었다.

"지금 말해 봐! 내가 있는 데서 말야. 내가 유리에게 무슨 짓을 했는지!"

미라의 얼굴이 붉어졌다. 땀을 흘렸다. 마침내 미라는 입을 열었다.

"말, 말할게. 혜영이, 선화, 보경이…… 같이 있었어."

미라는 창 쪽을 쳐다보며 말했다. 금방 얼굴이 창백하게 희어지는 아이들이 눈에 들어왔다. 나는 그쪽으로 몸을 틀었다.

그때, 반대편에서 굵은 목소리가 나를 붙잡았다.

"야, 너 뭐야? 여기서 지금 뭐하는 짓이야?"

돌아보니 작고 통통한 녀석이 일어서 있었다. 얼굴은 잔뜩 상기되어 있었다.

"앉아!"

나는 녀석을 향해 짧고 굵게 말했다.

"난 반장이야. 다음 주 초가 중간고사란 말야! 우린 공부해야 해."

"분명히 앉으라고 했을 텐데!"

나는 소리를 높였다. 그러자 녀석이 움찔했다. 그래도 놈은 가상했다.

"야, 부반장! 어서 담임 선생님께 가서 알려!"

"내가 말하는데, 그 누구라도 이 교실 밖으로 나가는 놈은 가만두지 않을 거야. 준영아, 문 잠가!"

준영에게 말하고, 나는 창 쪽 여자 아이들에게 다가갔다. 그러자 몇몇 여자 아이들이 지레 겁을 집어먹고 몸을 움츠렸다. 그러더니 저희들끼리 쑤군댔다.

"선화, 네가 먼저 말을 꺼냈잖아."

"무슨, 난 혜영이가…….."

"난 아니야! 종수가 처음에 그랬단 말야."

도둑이 제 발 저린다는 게 이런 건가? 나는 마지막으로 호명된 이름을 낚아챘다.

"종수가 누구야?"

그러자 뒤쪽에서 한 녀석이 손을 반쯤 들었다가 내렸다. 덩치가 꽤 큰 녀석이었다.

나는 다시 책상 사이를 걸어 놈에게 다가갔다. 그러나 나와 눈이 마주치자마자 녀석은 벌떡 일어나더니 뒷걸음질을 쳤다. 그러더니 내가 아닌 다른 쪽을 향해 외쳤다.

"경호, 네가 처음 나에게 말했잖아."

나는 방향을 바꾸어 경호를 향해 빠른 걸음으로 다가갔다. 그리고 고개를 돌리고 있던 녀석의 뒷덜미를 잡아 젖혔다. 녀석이 안경 너머로 나를 노려보았다. 눈빛은 새파랗게 살아서 나를 마주 보았다. 각진 턱을 파르르 떨었다.

나는 경호를 밀쳤다. 얼른 책상 서랍을 뒤져 노트를 살펴보았다. 낯익은 글씨였다.

"너 이 새끼, 이러고도 무사할 수 있을 것 같아?"

녀석이 반격을 시작했다. 경호는 대뜸 일어나 말했다. 나로부터 두어 걸음 뒤로 물러났다. 나도 모르게 주먹이 쥐어졌다. 아마 그것을 경호가 본 모양이었다.

"어쩌려고? 그래서 치겠다는 거야? 너 이 새끼, 이번엔 투서로 그치지 않아. 아예 콩밥 먹일 거야!"

경호는 안경을 바르게 고쳐 쓰며 또박또박 한 마디씩 했다. 하지만 억양이 일정치 않았다. 겁먹은 것 같지는 않았지만, 많이 긴장한 것만은 분명해 보였다.

순간 경호의 뺨이 홱 돌아갔다. 곧 흰 얼굴이 붉게 물들었다. 내가 아니라 지희였다.

"씨발 새끼!"

"아, 이 쌍년이!"

두 사람의 욕이 거의 동시에 들렸다. 그리고 이어 경호의 손이 지희의 뺨을 향해 날았다. 나는 그 손을 붙잡았다. 그러자 지희가 경호의 복부를 걸어찼다.

“푸헉!”

나는 지희를 뒤로 끌어당겼다.

“지희야, 그만해. 그리고 경호. 사과해. 헛소문이었다고 네 글씨로 사과문을 써. 그거면 돼.”

그러면 되는 거였다. 그 이상은 바라지도 않았고, 바랄 수도 없었다. 그리고 정말 그즈음에서 마칠 생각이었다.

그런데 뜻밖에도 경호는 나에게 정면승부를 걸어왔다.

“못 해. 난 그런 적도 없고. 증거를 대.”

“방금 전, 투서라는 말을 네 입으로 했어. 그리고 종수…….”

“종수, 내가 정말 그랬어?”

내 말을 끊고 경호가 외쳤다. 나는 종수라는 녀석을 쳐다보았다. 그러자 녀석이 나와 경호를 번갈아 쳐다보았다.

“모, 몰라! 난 아무것도 몰라.”

종수는 금방 말을 바꾸었다.

“봤지? 이제 네놈 차례야. 가만두지 않을 거야! 반장, 뭐해? 어서 선생님 모시고 와.”

순간, 나는 할 말을 잃고 말았다. 기습을 당한 기분이었다.

잠시 침묵이 흘렀다. 빨리 어떻게 해야 할지를 결정해야 했다. 그런데 머릿속은 그저 복잡하기만 할 뿐 아무런 생각이 나지 않았다.

그런데 그때였다. 뒷문 쪽 구석에서 한 아이가 일어났다. 뜻밖에도 혜수였다.

"증인이 필요하다면 내가 증인이 되어 줄게. 나도 경호가 그날 아침, 아이들 몇 명을 불러 놓고 말하는 걸 들었어."

"윤혜수, 너 자리에 앉아."

경호가 소리쳤다. 그러나 경호는 본 척도 하지 않고 혜수는 나를 보고 말을 이었다.

경호의 얼굴이 붉게 물들고 있었다.

사라진 기억들

"난 지금도 그날을 생생하게 기억하고 있어. 현장학습을 다녀오던 날이었을 거야. 아마 5월 말이나 6월 초였던 것 같아. 유리가 엄마한테 가자고 했어. 엄마가 보고 싶다고. 그때 유리 어머니는 음악회 준비한다고 집에 잘 못 들어 오셨나 봐. 그런데 우리가 N대학 입구에 도착했을 때, 가장 먼저 본 게 무엇이었는지 아니? 노란색의 현수막이었어. 인쇄된 게 아니라 누군가 손으로 크게 쓴 글씨였지. 빨간색으로 말야. 문정희 교수 퇴진하라! 학교 안 담벼락은 더 심했어. 내가 지금 기억나는 건, 부정입학, 뇌물수수, 악기 업체와 결탁, 커미션……. 뭐, 그런 것들이었어. 그러다가 게시판 한쪽 면을 보았는데……. '오늘,

문정희 교수 투석식'이라고 써 있는 거야. 하필이면! ……광장에는 어설프게 만든 큰 인형이 서 있었어. 그리고 가슴에는 '문정희'라는 글자가 선명했지. 이윽고 빨간 머리띠를 두른 학생들이 인형을 가운데 두고 모여들었어. 그리고 누군가의 외침과 함께 누가 먼저랄 것도 없이 인형을 향해 돌을 던지기 시작했어. 아주 순식간이었어. 지푸라기와 나무 조각으로 만들어진 유리 어머니 인형은 처음엔 돌팔매에 한쪽 팔이 떨어져 나가고 곧이어 배에 구멍이 났지. 얼굴은 옆으로 홱 돌아가고, 다리 한 짝은 몸뚱이에 겨우 대롱대롱 매달려 있었어. 유리는 소리 죽여 울기 시작했어. 어금니를 꽉 물고 손을 파르르 떨었지. 나는 유리를 강제로 끌고 학교 바깥으로 나왔어. 그때부터 그 애는 이상해졌어. 그리고…….”

더 말을 이을 것 같던 혜수는 멈추었다. 입술을 파르르 떨었다.

미술실 안은 금세 고요해졌다. 약속이나 한 듯 아무도 입을 열지 않았다. 지희는 넋이 나간 표정이었고, 준영은 미간을 좁힌 채 아랫입술을 씹고 있었다.

무슨 질문이라도 해야 할 것 같은 의무감이 들었다. 아니, 대꾸 정도라도. 하지만 나는 그냥 일어났다. 앞을 가로막은 이젤들을 치우고 창가에 섰다. 시내의 야경이 한눈에 들어왔다. 빌딩의 불 켜진 유리창, 움직이는 자동차 불빛과 십자가, 광고판. 그리고 문을 열자 소음도 빨려들어 왔다.

뒤미처 혜수의 목소리가 흘러들었다.

"지희야, 미안해. 너한테는 이야기했어야 하는데……."

지희는 대꾸가 없었다. 나도 그랬고, 준영이도 입을 열지 않았다. 잠깐 동안 아이들의 낮은 숨소리만 들려왔다.

한참 만에 준영이가 입을 열었다.

"혜수야, 너는 유리가 어머니 때문에 변했다고 생각하니?"

"뭘? 시험? 아니면……? 글쎄. 시험이든 옥상에 올라간 것이든, 어쨌든 시작은 거기였던 거 같아."

그때 나는 돌아섰다.

"그것만으로는 이해가 안 돼. 엄마 아빠에 대한 실망감 때문에?"

"난 유리를 이해할 수 있어. 유리는 다른 누구보다 부모님을 존경한다고 했어. 그 두 분은 유리의 삶의 모델이었고, 목표였어. 그런데 알고 보니 그 두 분은, 사람들이 말하는 파렴치한……."

내 말에 혜수는 재빨리 말을 받았다. 그러다가 머뭇거렸다.

"아빠도?"

"아빠는……. 그, 그 이야기는 나중에 하자."

혜수가 머뭇거렸다. 나와 준영, 지희까지 차례로 쳐다보며 눈치를 살폈다. 그래서 얼른 물었다.

"그럼, 향수는 왜 훔쳤지? 그것도 부모님의 일과 관련되었다는 거니?"

"그날, 유리는 대자보 앞에서 털썩 주저앉더니 일어나지 못하더라. 벌벌 떨면서 울었어. 나한테 어떻게 하냐고……. 엄마 아빠가 무섭댔어. 자기는 이제 집에 못 갈 거 같다는 거야."

"그래서?"

"그날은 우리 집에서 잤어. 그런데 새벽에 보니까 옆에 있어야 할 유리가 없는 거야. 전등을 켜 보니까 방구석에 쪼그리고 앉아서 웃다가 울다가……. 난 그 애가 정말 미쳤는 줄 알았어."

"됐어, 그만해."

지희가 신경질적으로 소리쳤다.

"며칠 동안 유리는 아주 심하게 앓았어. 그리고 그다음 날, 유리가 향수를 훔치는 것을 보았어."

"왜?"

"더럽대. 자기 몸에서 나쁜 냄새가 난대."

"그럼 사서 뿌리면 되잖아. 왜 훔쳐야 되는 거지? 그 정도의 용돈은 있었을 거 아니야!"

지희가 신경질적으로 토를 달았다. 그러나 혜수도 곧 대꾸했다.

"그 용돈은 누구에게서 나오는 건데?"

그 말에 지희는 더 이상 입을 열지 않았다. 준영이도, 그리고 나도 딱히 할 말이 없었다. 그걸 확인이라도 한 듯, 다시 혜수가 말을 이었다.

“중요한 건, 유리는 조금의 죄책감도 갖고 있지 않았다는 거야. 유리가 그러더라. 왜 훔치냐고 물었더니, ‘엄마 아빠에 비하면 내가 하는 짓은 애교 아니야?’라고 말야.”

아! 나는 자신도 모르게 입을 벌렸다.

“그러고도 무사했다는 게 신기하군. 한번은 영후가 구해 주었다지만…….”

준영이 나를 쳐다보며 말했다.

“무사하지 않았어.”

“그럼? 붙잡히기라도 했다는 거야?”

“내가 아는 건 두 번 정도야. 그때마다 아메리카 살모사가 경찰서까지 가서 빼 주었어.”

“그 이상일 수도 있다는 이야기네. 너와 우리가 모르는?”

늘 그랬듯이 준영이 날카롭게 빈틈을 파고들었다.

“그래. 아마 그럴 거야. 내가 모르는 일도 분명 있을 거야.”

“그런데 살모사가 왜 나섰지? 그때는 담임이 살모사가 아니었잖아.”

“유리의 과외 선생을 모두 살모사가 알선했잖아. 그래서 살모사와 유리 부모님은 특별한 관계야.”

준영의 질문에 혜수가 나섰다. 그 말에 나는 자신도 모르게 이맛살을 찌푸렸다.

시간이 흘렀다. 약속한 듯이 한동안 모두 입을 닫았다.

퍼즐 같다는 생각이 들었다. 그러나 절반쯤 맞추어 놓으면, 다시 흩어지고 마는 퍼즐. 문득 물구나무를 서고 싶어졌다. 안 맞추어지는 퍼즐도 거꾸로 놓고 보면 가끔 풀릴 때가 있으니까.

"혹시 너였니?"

돌연 지희가 혜수에게 물었다. 그러나 표정은, 너는 아닐 거야, 하는 표정이었다.

"뭐가?"

"내가 범인이 아니라고 쓴 행운의 편지 말야."

"아니, 나도 그 행운의 편지를 보긴 했지만 내가 쓴 건 아니야."

"그럼, 소설은?"

"소설이라니?"

"모르고 있었어? 유리의 소설 뒷부분을 누군가가 대신 써서 행운의 편지랑 함께 돌렸어. 하데스 어쩌고 하는 이야기 말야."

"아니, 난 잘 모르겠어."

"아무튼 어떤 녀석인지 정말 대단해."

문득 준영이 끼어들었다. 그래서 나도 반사적으로 나섰다.

"한 사람일까?"

"그럼, 넌 두 사람 이상일 거라 생각하는 거야?"

"글쎄. 하지만 한 사람이라면 집히는 사람이 있긴 해."

"그래? 그게 누구지?"

지희가 눈을 크게 뜨고 물었다. 혜수도 긴장된 표정으로 나를 쳐다보았다.

"적어도 우리들 중에 있지는 않겠지?"

"프린스, 장난하지 마."

"그래. 만약 우리 중의 하나가 아닌 것이 확실하다면, 딱 한 사람이 남아."

"그게 누군데?"

이번엔 혜수가 물었다.

"유리가 사랑한다는 그 사람. 바로 그 사람일 거야."

"그, 그게 누군데?"

이번에도 혜수였다. 놀란 표정이었다. 긴장하고 있었다. 하긴 말해 놓고도, 나 역시 긴장되었다.

"그건 나도 모르지. 오히려 네게 묻고 싶은걸."

"나, 나에게? 왜 하필 나지?"

얼굴이 창백해졌다. 네가 범인이야,라고 말했을 때처럼.

"네가 유리와 가장 가까웠을 테니까."

그렇게 말하며 나는 지희의 눈치를 보았다. 그 말에 지희가 또 상처받을 수도 있으니까.

"몰라. 그, 그것까지 내가 어떻게 알아."

아무래도 혜수의 표정은 좀 과장되어 보였다. 그 때문에 질문한 내가 뻘쭘해지고 말았다. 그래서 더 묻지 못했다.

이때, 준영이 나섰다. 무언가 갑자기 생각났다는 듯 일어서더니 이젤들 사이를 지나쳐 걸어갔다. 그러더니 혜수를 불렀다.

"혜수야, 이리 와 봐. 이 그림에 대해서 아는 게 있니?"

준영은 유리의 얼굴이 그려진 그림을 들어 보였다. 준영의 이젤에 놓여 있던 그것이었다. 혜수가 먼저, 그리고 나와 지희도 준영이 서 있는 쪽으로 걸어갔다.

"그, 그게 어떻게 여기에 있지?"

혜수는 놀란 표정을 지었다. 당황스럽다는 듯 우리를 차례로 한 번씩 쳐다보았다.

"왜? 이 그림에 대해서 알고 있니?"

"색은 네가 칠한 거야?"

준영의 물음에 혜수는 오히려 되물었다.

"아니, 이 그림은 지난 일요일에 내 이젤 위에 놓여 있었어. 그러다가 영후랑 나갔다가 돌아와 보니 색이 칠해져 있었고……."

"그랬구나. 저 그림은 내가 그렸어. 잃어버렸던 건데."

"뭐라고?"

반사적으로 내가 물었다. 튕겨지듯 혜수 쪽으로 다가갔다. 그런데 혜수는 의외로 담담했다.

"엄마 때문에 집에서 그릴 수 없어서 이따금 미술실에 아무도 없을 때…… 준영이 너도 알다시피 나도 1학년 때에는 미술반이었잖아. 그래서 열쇠도 있었고. 하지만 저 그림은 두어 달 전에 그렸던 거야. 유리한테 선물하려고. 난 다만, 그 애가 더럽지 않다는 걸, 아니 그냥 예쁘다는 걸 알려주고 싶었을 뿐이야. 그, 그림으로 말야.”

혜수는 묻지도 않은 말을 하며 횡설수설했다. 말의 높낮이가 일정치 않았다. 긴장하고 있거나, 당황하고 있는 듯 보였다.

“잃어버렸다는 이야기는 뭐지?”

“말 그대로야. 그림을 거의 다 그렸을 즈음에 누가 오는 소리가 들려서 두고 도망갔었거든. 그러곤 며칠째 미술실에 올 기회가 없어서 그냥 잊고 있었어. 그런데 어떻게?”

준영의 질문에 혜수가 대답했다. 그러나 그 대답은 또 다른 숙제를 던져 주었다. 나는 조금씩 지치고 있었다.

바로 그때, 지희가 옆에 서 있던 이젤 하나를 옆으로 밀어 버렸다. 그 때문에 이젤 두 개가 연속해서 쓰러졌다. 내 앞에 있던 혜수는 깜짝 놀라 몸을 움츠렸다.

“지희야!”

준영이 소리쳤다. 말릴 틈은 없었다. 이미 이젤은 넘어졌고, 지희는 혜수 앞에 성큼 다가와 있었다.

“넌 누구니?”

갑작스러운 질문에 혜수의 얼굴이 창백해졌다.

“지, 지희야. 왜 또 그래?”

“난 뭐냐구. 난 유리한테 뭐였느냐고? 그리고 너한테는?”

“지희야. 이제 혜수에 대한 오해도 다 풀렸잖아. 그런데 뭐 하는 거야?”

준영이 설득하듯 두 사람 사이에 나섰다. 하지만 지희는 물러서지 않았다.

"오해가 풀렸다고? 유리와 혜수가 나를 이렇게 비참하게 만들고 있는데도?"

"지희야, 너는 유리가 가장 좋아하는 친구였어. 유리는 늘 너에게 고맙고 미안하다고 말했어. 사실이야."

"그럼 넌?"

"난 달라."

"다르다고? 뭐가?"

"그, 그건……. 지금은 말할 수 없지만……, 아무튼 넌 언제나 유리에게 가장 듬직한 친구였어. 난 이만 가 볼게. 살모사가 찾고 있을지 몰라."

혜수는 갑작스럽게 서둘렀다. 그러나 한편으로는 여유를 가지려는 듯, 지희의 어깨를 토닥여 주기까지 했다. 그때, 토닥이는 혜수의 손마디에서 반짝 빛이 났다.

혜수는 곧 이젤들 사이를 빠져나갔다. 문 열리는 소리, 발소리가 멀어질 때까지 지희는 선 채 어깨를 들썩였다. 남자애들이 그러는 것처럼 주먹을 쥐고 부르르 떨었다.

이제 그만두어야겠다는 생각이 들었다. 행운의 편지, 노트, 그림…… 내가 풀어낼 수 있는 숙제가 아닌 것 같았다.

"돌아가자."

그리고 나는 문 쪽으로 걸었다. 바로 그때, 내 머릿속에서 흰 빛이 반짝거렸다. 혜수의 손가락 사이에서 빛나던 그 빛이었다.

"지희야, 반지 어딨어?"

"반지?"

"그래. 내가 준영이한테 너 주라고 했는데……."

그리고 준영이를 쳐다보았다. 준영이가 고개를 끄덕였다.

"그, 그건 내 가방 속에 있어. 왜?"

"가서 찾아봐. 제대로 있는지 확인해 보란 말야. 어서!"

나는 소리쳤다. 그러자 준영이 내게 물었다.

"너도 본 거야?"

나는 고개를 끄덕였다. 그리고 재빨리 바깥으로 나왔다. 혜수가 간 쪽으로 뛰었다.

"혜수야!"

내 목소리는 빈 복도 끝을 재빨리 돌아와 다시 내 귓전에서 맴돌았다.

6장

혜수,
마지막 사랑 이야기

지금, 네가 되어 버린 나

토요일 오후. 아침까지 거셌던 빗줄기는 잦아들었다. 안개처럼 보슬비가 내리고 있었다.

교문을 들어서자마자 나는 걸음을 멈추었다. 게시판을 쳐다보고 섰다. 조금 더 다가가 파일 철에 묶인 채 걸려 있는 공고문 하나를 보았다. 따라 읽었다.

아래의 학생을 학칙 ××조 ××항에 의거,
10일간의 유기정학에 처함.

영후와 준영이의 이름은 읽지 않았다. 그냥 확인만 했다. 그

공고문 옆에는 며칠 전 지희의 정학 공고문이 귀퉁이가 뜯긴 채 붙어 있었다.

돌아섰다. 숨을 길게 내쉬고 걸었다.

발걸음이 다시 멎은 곳은 유리가 떨어졌던 바로 그곳이었다.

나는 유리에게 낮은 목소리로 말을 건넸다.

이제 그만 좀 해. 내가 잘못한 거 알아. 미안해. 그리고 용서해 줘, 유리야. 네가 좋아했던 친구들이 너무 힘들어 하잖아.

다시 가슴속에서 뜨거운 것이 솟아올라 눈시울을 적셨다. 새삼스럽지는 않았다. 하루에도 열두 번씩 그랬으니까.

맞다. 솔직히 내가 힘들었다. 이틀이 멀다 하고 한두 구절씩 늘어나는 행운의 편지, 매일 학생과로 불려가는 반 아이들, 이상한 소문들과 이젠 괴담까지 떠돌았다.

유리가 정민이한테 화분을 던졌대.

그제였다. 아이들이 그런 말을 했다. 정민이는 그 전날 밤, 유리가 떨어진 그곳을 지나다가 위층에서 떨어진 화분을 맞았다. 병원에 실려가 머리에 여덟 바늘을 꿰맸다고 했다.

그날 밤에는 뉴스에도 나올 만큼 돌풍이 심하게 불었다. 하필이면 그때 정민이는 그 아래를 '우연히' 지나갔다. 그러다가 교실 베란다에 놓인 화분이 '우연히' 떨어져 머리를 맞았다. 운이 나빴던 것이다. 그 이상도 이하도 아니었다. 시내 상점의 간판이 떨어져 지나가던 사람이 다쳤다는 뉴스와 다를 게 없었다.

하지만 아이들은, 틀림없이 유리의 짓이라고 말했다. 그래서 한 아이에게 왜냐고 물었더니, 주저 없이 이랬다.

정민이가 유리의 주홍글자를 빼앗으려 했대.

주홍글자?

응. 유리가 들꽃반으로 밀려나면서 받은 무당벌레 말야.

그걸 어떻게?

도대체 아이들의 말이 이렇게 어렵기는 처음이었다.

또 다른 아이가 대답했다.

정민이는 장미반에서 거의 끄트머리였다며? 그런데 얼마 전부터 유리의 주홍글자를 가지면, 성적이 오른다는 소문이 돌았다면서…….

유리의 주홍글자? 그게 어딨어?

유리가 떨어진 그 주위 어딘가에서 보았다는 아이들이 있어.

무모하다고 말하고 싶지는 않았다. 어리석다는 말도 할 수 없었다. 이전부터 괴담은 주변을 떠돌고 있었다.

들꽃 2반 지연이는 야자 시간에 생리통 때문에 화장실에 갔었대. 볼일을 보고 나오는데 마침 화장실 불이 탁 꺼지더래. 그래서 깜짝 놀라 돌아보니까, 유리가 불 꺼진 화장실 안에 서 있더라는 거야. 이상하다 싶어서 불을 켜고 화장실을 다시 들어가 보니까, 세면대 앞 거울에 행운의 편지가 붙어 있었대.

어떤 애는 새벽에 학교에 왔다가 유리를 보았대. 그 화단 앞에서 여자애가 뭔가를 찾고 있었다는 거야. 옆을 스치는데, 유리가 물었대. '너 혹시 여기 주홍글자 떨어진 거 못 봤니?'라고 말야. 그 애는 유리 얼굴을 잘 모르는 애였는데, 나중에 유리 사진을 보고 졸도했대.

화단 옆 돌 의자에 앉았다. 차가웠다. 금방 한기가 몸 전체로 퍼졌다. 나는 몸을 떨었다.

교문 쪽을 다시 돌아보았다. 아직 영후, 아니 프린스의 모습은 보이지 않았다.

나는 실내화 주머니를 깔고 축축한 나무 의자에 앉았다. 그리고 가방을 열었다. 노트를 꺼냈다.

그 누구도 나에 관한 아주 사소한 일조차 기억하지 말라. 그리고 아무도 나를 추억하지 않기를 바란다. 나를 기억하고 추억하는 순간, 그 역시 나처럼 끝내는 한 마리의 벌레로 살아가야 하는 마법에 걸릴지니, 이에 누가 묻거든 나를 부인하라!

그리하여 나는 오랜 시간이 지난 뒤에 나의 비명(碑銘)에 그렇게 쓰이길 바라며, 사랑을 선택한다. 아마 그것은 나를 조금씩 소멸시켜, 결국은 죽음에 이르게 할지 모른다. 그리고 그 이후부터, 나는 노 멘스 힐의 유일무이한 수치로 기억될 것이다.

거기까지가 유리가 쓴 내용이었다. 마치 유언처럼, 유리는 그곳에서 자신의 소설을 멈추었다.

나는 다시 교문 쪽을 쳐다보았다. 프린스는 없었다. 휴일인데도 아이들 모습이 꽤 눈에 띄었다.

나는 다시 고개를 숙이고 노트를 내려다보았다. 나는 집시를 사랑했다……. 그곳부터 내가 쓴 내용이었다.

나는 집시를 사랑했다. 그럼으로써 나는 노 멘스 힐의 금기를 두 번이나 깨고 말았다.

그와 나는 계급이 달랐다. 신분의 격차가 컸다. 물론 나는 하데스 사제에게 반항한 대가로 주홍글자의 낙인을 받았다. 뿐만 아니라 한동안 그가 살고 있는 불의 지옥에 잠시 유배되기도 했다. 하지만 그 직전까지 나는 여전사로는 드물게 기사 작위 승계를 눈앞에 두고 있었다.

문제는 그가 천민이라는 거였다. 그는 춤을 추는 집시였다. 그는 나를 사랑할 수 있으되, 나는 그를 사랑해서는 안 되는 거였다. 함께하는 것조차 금기였는데, 하물며 사랑이라니! 가당치도 않았다.

사제들은 늘 말했다.

'그것은 지금 우리에게 가장 악랄한 마음의 병이다. 그것은 전사들의 사기를 떨어뜨리고, 끝내는 자신을 파멸에 이르게 하는 기생수이며, 치유되지 않는 전염병이다. 그러므로 경고한다. 이 전염병을 퍼트리는 자는 혹독한 대가를 치르게 될 것이다. 아이스 랜드를 좀먹는 벌레와 같은 존재가 되고 말 것이다!'

사제의 말이 아니라도 나는 그것이 얼마나 위험한 일인지 잘 알고 있었다. 그럼에도 나는 춤추는 보헤미안을 사랑했다. 그것이 내가 죽으면서도 사는 길이었으므로. 그러므로 나는 어느 날부터 천민 집단의 무리와 섞여 살기 시작했다. 집시의 무리와 함께 떠돌았다. 내 새로운 삶이 시작된 것이다.

왜 그랬을까?

사람들은 내가 선택한 삶에 대해 궁금해 했다. 그런 사람들을 나는 이해했다. 조금만 참고 버텼다면, 나는 기사 작위를 받았을 것이니까. 또한 전사로는 최고의 명예인 드래곤 신전의 황금 비석에 이름을 남길 수도 있었으니까. 그리하면 그들은 나를 우러러볼 것이고, 대대손손 내 이름은 전사들의 가슴에 새겨질 것이었다.

하지만 난 살아야 했다. 다시 말하지만, 그것이 내가 죽으면서도 사는 길이었으므로…….

"네가 아닐까, 생각했었어."

굳어 버렸다. 놀라서 노트를 펼친 채로. 시선은 노트에 둔 채로 손끝 하나 움직이지 못했다. 돌아보지 않아도 그 목소리가 프린스의 것이라는 걸 알 수 있었다.

"뭘?"

입술이 떨렸다. 한 음절인데도 여러 말을 하고 났을 때처럼 목이 말랐다.

"유리의 소설을 대신 쓰고 있는 사람……."

"실망했니?"

"잘 모르겠어. 아직도……. 그런데 왜 그때는 네가 아니라고 말했니?"

"정말로 내가 쓰지 않았으니까."

"뭐라고? 지금 네 입으로 말했으면서 무슨 말을 하는 거야."

영후는 어이없다는 듯 말했다. 하지만 사실이었다.

"내가 쓴 건 이것뿐이야. 하데스 사제를 비난하던 그 내용, 나도 보았어. 하지만 그건 내가 쓴 게 아니야."

"지금 무슨……."

"혼란스러울 거야. 나도 그러니까."

"잠깐! 그러면 지금 유리의 소설을 이어서 쓰고 있는 사람이 한둘이 아니란 이야기야?"

"그럴지도 모르지……."

"어째서?"

"지희 말이 사실이라면, 도난당했던 그사이에 그 노트가 누구누구의 손을 거쳐 갔는지 아무도 알 수가 없잖아."

나는 고개를 끄덕이고 교문 쪽을 바라보았다. 가랑비는 여전히 그만큼씩 꾸준히 내리고 있었다.

영후는 이따금씩 깊은 숨을 내쉬었다. 몇 번은 말을 꺼내려다가 그만두곤 했다. 나는 그 이유를 알고 있었다.

한참의 시간이 지났다.

그때, 나는 고개를 숙이고 있었지만 프린스의 시선을 느꼈다. 그 애는 내 손가락 사이의 반지를 내려다보고 있었다. 그것 때문이었다. 그래서 내가 먼저 선수를 쳤다.

"네가 뭘 보고 있는지 알아. 지난번에 네가 쫓아왔을 때는 말할 수 없었지만……."

말을 하다가 멈추었다. 입안이 까칠했다. 침을 삼켜도 목구멍이 따가웠다. 숨을 길게 내쉬고 나는 말을 이었다.

"이제 말해야겠지?"

독백을 하고 있는 기분이었다. 아니, 사실이 그랬다. 영후는 대꾸하지 않고 내 말을 기다리고 있었으니까.

"그래. 기다려 줘서 고마워. 말할게."

나는 비로소 고개를 들어 영후를 쳐다보았다. 영후가 고개를 끄덕였다. 갸름한 얼굴선이 다른 때보다 부드러워 보였다.

그 녀석, 정말 귀공자 같아. 봤어? 정말 프린스의 모습이야.

딱 한 번, 유리가 프린스를 두고 그런 말을 한 적이 있었다. 정말 딱 한 번이었다. 유리가 프린스를 좋아하지 않았다는 말, 다른 사람은 믿지 못했다. 하지만 나는 처음부터 알고 있었다. 정말 유리는 프린스는 안중에도 없는 듯 보였다. 내가 그토록 프린스를 사랑하기를 원했는데도.

그래서 나는 프린스에게 미안했다. 프린스가 유리를 위해서 많은 것을 함께해 주었다는 것을 알기 때문에. 하지만 유리는 프린스를 사랑한 게 아니었다. 프린스는 단지 '우리들의 프린스'일 뿐이었다. 그래서 쉽게 말을 꺼낼 수가 없었다.

손발이 저렸다. 숨을 몰아쉴 때마다 손끝이 오그라드는 것 같았다. 발끝부터 팔과 다리까지, 아니 온몸이 녹아 버리고 말 것 같았다.

일단 나는 이야기의 시작점을 찾았다.

"아직도 가끔은 실감이 나지 않아."

한참 후에 긴 숨을 내쉬고 말했다.

"뭐가?"

"유리가 없다는 사실 말야."

아니, 솔직히 지금은 실감할 수 있다. 유리를 둘러싼 수많은 일들 때문이다. 수없이 돌아다니던 행운의 편지 속에 낯설게 쓰여 있는 유리의 이름을 보았을 때, 유리를 추모하자는 방송을 들었을 때, 그리고 프린스의 춤과 산더미처럼 쌓인 꽃을 보았을 때, 또 정체불명의 소문들 틈 사이에서 나는 비로소 '유·리·가·죽·었·다'라고 스스로에게 선언했다. 유리가 살아 있다면 일어나지 않았을 일들이니까.

"정말 너……."

비로소 옆에 와서 쪼그리고 앉은 영후를 쳐다보았다. 영후는 여전히 반지를 쳐다보고 있었다.

"네가 가장 궁금한 게 이거였지? 그래서 보자고 한 거고?"

나는 반지 낀 손을 들어 보였다.

"그래. 하나는 그것과 똑같은 걸 유리가 가지고 있었고, 그건 내가 지희에게 주었어."

이젠 물러설 틈이 보이지 않았다. 숨기고 감출 곳이 없었다.

"……유리는 날 사랑한다고 했어. ……나도 유리를 사랑했어."

담담한 체했다. 아무렇지도 않다는 듯. 그렇지 않고는 긴장감을 숨기기 어려웠다. 하지만 후련하기도 했다. 더 이상 숨기지 않아도 되니까. 이다음부터는 감당하는 일만 남는 것이다. 비난이든, 상처든, 질타든!

영후는 고개를 끄덕였다. 미간이 좁혀져 있었다. 뭔가 생각하려는 듯 시선을 다른 데로 돌렸다. 그리고 잠시 후 영후는 고개를 숙였다. 그의 곱슬 머리칼이 얼굴을 가렸다. 무슨 생각을 하고 있는 것일까. 그런 영후에게 나는 덧붙였다.

"물론 유리가 말하는 사랑과 내가 말하는 사랑은 전혀 다른 것이었어."

"……."

"유리에게 그것이 중요한 건 아니었지만."

나는 변명하고 있었다. 물론 영후도 그 정도는 눈치채고 있을 것이었다.

그러나 영후는 대꾸하지 않았다. 무어라고 한두 마디는 거들어야 나도 물어 갈 거 아닌가. 하지만 영후는 한 마디 한 마디를 곱씹고 가겠다는 듯 시간을 끌었다.

영후가 입을 연 건 꽤 시간이 지난 뒤였다.

"그런데 이제 그건 우리에게 중요하지 않아. 지희를 제외하

곤 말이야."

"왜지?"

"유리가 좋아하는 아이가 누구였는지 궁금했던 건, 지금 일어나고 있는 많은 일들의 주인이 그 사람일 것이라는 생각 때문이었어."

"그런데?"

"그런데 네가 유리가 사랑하는 아이였다는 게 밝혀졌는데도, 아직도 풀리지 않는 문제들이 있잖아. 물론 네가 거짓말을 하지 않는다는 전제하에 말이야."

영후는 하나하나 똑 부러지게 짚고 넘어가겠다는 듯 분명한 발음으로 천천히 말했다.

어쨌든 대답은 해야 할 것 같았다. 그래서 나는 강조해서 말했다.

"이제 거짓말은 없어. 다 말했어. 사실이야."

"그래, 그럼 됐어."

"그런데 왜 지희는 제외한다는 거지?"

이번엔 내 차례다.

"그건 나보다 네가 더 잘 알지 않니?"

또 어리석은 짓을 하고 말았다. 영후에게 그런 질문을 하다니. 하긴 지희 문제라면 영후에게 물을 일이 아닌지 모른다. 갑작스럽게 일어난 많은 일들로부터 지희가 소외되었으니까. 그래서 지희에게도 미안하다. 하지만 언젠가 지희도 이해할 것이다. 유리가 가장 미안해 했던 사람이 지희라는 걸. 지금은 이런 막연한 기대밖에 가질 수 없는 것 또한 미안하지만.

또 말없이 시간이 흘렀다.

핸드폰을 꺼냈다. 시간을 알리는 숫자만 깜빡거렸다. 메시지도 전화가 온 흔적도 없었다.

"전화 올 데가 있니?"

영후가 물었다.

"준영이한테 뭘 좀 부탁했어."

다시 또 침묵. 영후란 녀석, 참 예측하기 힘들다. 왜 준영이를 기다리느냐고 물을 만한데 묻지 않았다. 하긴 그러지 않더라도 이야기하게 될 테니까 상관은 없다.

그래서 담아두고 있던 이야기를 꺼냈다.

"또 있어."

"또?"

이번엔 짧게 되물어 왔다. 그러나 그 순간, 나는 잠깐 후회했다. 어쩌면 제 무덤을 파는 격이 될지 모르기 때문에. 알면서도 나는 변명처럼 늘어놓기 시작했다.

"유리는 자신을 태어나지 말았어야 하는 아이라고 생각했어."

"그게…… 무슨 말이지?"

나는 입을 열지 말았어야 했다는 걸 오래지 않아 깨달았다. 하지만 이미 내 입에서는 기다렸다는 듯 그 위험한 말들이 쏟아지기 시작했다.

"말 그대로야. 누구나 유리가 유리 어머니 때문에 그렇게 되었다고 말할 테지만, 사실 유리 어머니에겐 유리가 불행의 씨앗이었던 것 같아."

"너 지금 무슨 말을 하고 있는 거야?"

영후는 목소리를 높였다.

"유리 어머니의 투석식을 본 그 다음다음 날 즈음이었어. 난 늘 유리 곁에 붙어 있었지. 그래야 한다고 생각했기 때문이야. 유리는 무섭다고 그랬거든. 매일 자신이 돌을 맞는 꿈을 꾼다고 했어. 불안해 보였어. 공부도 전혀 하지 못하는 것처럼 보였어. 그리고 어머니와 매일 싸웠지."

"왜?"

"아니, 다투었다기보다는 일방적으로 어머니에게 대들면서, '더러워, 더러워!' 이랬어."

나도 모르게 유리 목소리를 흉내 냈다. 마치 남의 일을 이야기하듯이. 그런 내가 가증스럽게 느껴졌다. 하지만 나는 그 날의 일이 여전히 생생했다. 바로 눈앞에서 벌어지고 있는 일처럼.

투석식을 보고 온 그 주의 일요일 밤.

유리는 침대에 엎드려 만화책을 보았다. 나는 유리의 책상에서 영어 문제집을 뒤적거렸다. 가끔 돌아보면 유리는 킥킥거렸다.

이것 봐. 이 그림 좀 보라구. 너무 웃기지 않아?

어떤 때는 내게 만화책을 들이밀기도 했다. 그 모습은 유리가 아니었다. 내가 한 번도 본 적이 없는 모습이었다. 그래서 당황했다.

공부해야지. 그래서 장미반으로…….

조심스럽게 그런 말도 했었다. 그럴 때마다 유리는 들은 체만 체했다.

불안했다. 유리가 무얼 하든 긴장됐다. 잠시도 눈을 돌릴 수가 없었다. 울다가 웃다가, 가끔 소리를 지르곤 했다. 예측할 수가 없었다. 한밤중이라도 벌떡 일어나 밖으로 나가기도 했다. 어머니와는 악을 써가며 싸웠다 그런 뒤에는 꼭 손발을 씻고, 온몸에 향수를 뿌렸다.

바로 그즈음, 가방 안에 두었던 휴대전화기의 진동음이 들렸다. 얼른 꺼내 보았다. 엄마였다. 엄마가 울면서 말했다.

나다. 엄마야. 집에 좀 올 수 있니? 오늘은 집에 와서 잤으면 좋겠구나. 엄마가 좀 많이 아픈데…….

그 말을 듣고 곧바로 전화를 끊었다. 그리고 유리에게 말했다.

가야겠어.

왜?

엄마가 아프셔.

어, 그……래? 그럼, 어서 가 봐.

가라고 말은 했지만, 유리는 싫은 눈치였다. 금방 표정이 어두워졌다.

괜찮겠어?

내가 묻자 유리가 고개를 끄덕였다. 나도 고개를 끄덕였다. 가방을 챙겨 일어났다. 유리가 따라나섰다.

그냥 있어. 나 혼자 가도 돼.

아니야. 문 앞까지만 나갈게.

그러더니 유리는 앞서 문을 열었다. 마음이 무거웠다. 오늘만 잘 있어 줘. 나는 속으로 말했다.

그런데 아래층으로 내려가는 계단 중간쯤에서 유리가 멈추었다.

왜……?

딱 한 음절을 뱉었을 때, 1층 안방에서 쇳소리가 날아왔다.

그렇게 저급하게 말하지 마. 유리 때문이라니?

나는 겁부터 집어먹었다. 얼결에 두 손으로 입을 막았다. 하지만 난 교활했다. 유리를 끌어당겼다. 막무가내로 유리의 팔

을 잡아끌었다. 쇳소리에 그 애 이름이 섞여 있었기 때문이었
다. 그러나 유리는 그 자리에서 버텼다. 계단 난간을 붙잡고 움
직이지 않았다. 그래서 제 이름을 또 들어야 했다.

이번에는 유리 엄마였다.

그래요. 당신만 아니었어도 유리는 생기지 않았을 거고, 그
럼 난 당신과 결혼하지도 않았을 거예요.

날을 잘 벼린 비수였다. 단박에 심장 깊숙이 찌르고 들어올
듯한 한 마디. 나는 가슴이 너무 심하게 뛰어서 심장이 터질
것만 같았다.

그럼, 왜 그때 나와 결혼했지? 결혼해야 한다고 내 목을 졸
랐던 건 당신이었어.

멍청한 척 그만해요. 배 속의 아이, 유리 때문이었던 걸 잊어
버렸어요? 누가 뭐래도 당신은 날 책임져야 했어요.

그만하지, 애가 듣겠어.

이미 들었다. 뿐만 아니라 그 뒷말도 문틈으로 새어 나왔다.

다른 이야기는 됐어요. 당신은 내 인생을 보상해야 할 의무
가 있어요.

보상? ……돈 말이군.

딱 거기까지! 유리는 곧바로 돌아섰다. 그리고 씩 웃었다. 그
러더니 다시 제 방으로 올라갔다.

유, 유리야…….

유리는 침대에 털썩 주저앉았다. 그러더니 한참 웃었다. 킥

킥, 이러면서. 내가 더 조바심이 났다.

유리야, 괜찮아?

내가 묻고 나서도 유리는 한동안 또 웃었다. 그러다가 갑자기 웃음을 멈추었다. 천천히 열을 셀 시간 만큼 유리는 무표정하게 있더니, 곧 울기 시작했다. 온몸을 떨었다. 손으로 입을 틀어막고 소리는 내지 않았다.

유리는 한참 만에 나를 보고 말했다.

나 좀 안아줄래.

나는 유리의 어깨를 감싸 안았다. 그날, 밤새도록 나는 유리를 안고 있어야 했다. 유리는 내가 손을 떼려고만 하면 소리를 쳤다.

안 돼. 가지 마. 너까지 가면 난 어떻게 해.

나는 날이 밝을 때까지 뜬눈으로 새워야 했다. 잠들지 않는 유리와 함께.

"그때부터가 시작이었어. 우리의 사랑은 그렇게 시작된 거야. 후후. 재밌지 않니?"

자조적인 말투였다. 마치 전혀 다른 사람 이야기하듯. 프린스, 너라면 나를 위로해 줄 수 있지 않아? 나는 그런 시위를 하고 있는 거였다. 하지만 자신에게 들린 내 목소리는 무슨 코미디의 성대모사 같은 느낌만 들었다. 입안이 썼다.

영후는 입술을 깨문 채 말이 없었다. 눈을 가늘게 뜬 채 먼

곳을 바라보았다.

나는 말을 이었다.

"난 며칠에 한 번은 유리를 안고 잤어. 물론 그땐 그것에 큰 의미를 부여하지 않았어. ……시간이 꽤 지났을 거야. 한 달은 좀 안 된 것 같아. 어느 날 밤에 유리가 나한테 말했어. 너무나 뜻밖의 말이었지."

여름밤이었다. 옥상 위에 돗자리를 깔고 나란히 누웠다. 한 동안 아무 말도 하지 않고 먹빛의 하늘을 하염없이 바라보았었다. 그런데 문득 유리가 입을 열었다. 유성인지, 비행기인지 작은 불빛 하나가 느린 속도로 하늘을 가로질러 갔다.

넌 나를 배신하면 안 돼. 너마저 날 배신하면 난 죽어 버릴지도 몰라.

그 말은 주문(呪文)처럼 들렸다. 나는 고개를 끄덕이고 대답했다.

그래. 늘 네 곁에 있을게.

무슨 연인에게 대답하듯 말했다. 그런데 그때, 유리가 마치 기다렸다는 듯이 낮은 목소리로 나를 향해 옆으로 돌아누우며 말했다.

사랑해.

그러고는 가까이 다가와 내 입술에 자신의 입술을 맞추더니 조금 물러나며 미소를 지어 보였다. 유리의 그런 행동은 귀

엽고 깜찍해 보였다. 천진해 보이기까지 했다. 적어도 그때까지는!

그런데 그다음이었다. 잔잔한 미소를 지으며 유리는 한동안 나를 쳐다보았다. 그러더니 말했다.

사랑해.

두 번째라 당황했다. 그러나 큰 의미를 두지 않았다. 오히려 나는 그 말을, 같이 있어줘서 고마워,라는 정도로 받아들였으므로. 그래서 나도 유리처럼 대꾸했다.

나도 너 사랑해.

그리고는 낯이 간지러워 큭큭 웃었다. 바로 그때였다. 마치 내 말을 기다리기라도 한 것처럼 유리가 나의 목을 끌어안고 다가왔다. 처음에는 아주 천천히. 그래서 나는 바라보고만 있었다. 느렸기에 더 피할 생각을 하지 못했던 것이다.

유리는 더 바싹 다가와 입술을 댔다. 나는 화들짝 놀랐다. 몸을 뒤로 빼기 위해 꿈틀거렸다. 그러자 유리는 더 힘을 주어 나를 안았다. 그 때문에 내 입술은 유리의 입술에 더 세게 부딪쳤다.

으읍! 왜, 왜 이래…….

사랑한다고 했잖아.

유리는 오히려 내가 이상하다는 투로 대꾸했다. 갑작스럽게 등줄기가 서늘해졌다.

유리야!

무어라 말하지도 못하고 이름만 불렀다. 그러자 유리가 흐느끼는 목소리로 방금 전과 똑같이 말했다.

사랑한다고 했잖아.

난 그냥 입을 벌린 채 어찌할 바를 몰랐다. 무슨 말을 할 수도 없었다. 머릿속이 하얗게 변하는 기분이었으니까.

나는 입술을 손으로 닦아냈다. 피가 묻어 있었다. 유리의 것인지 내 것인지 알 수가 없었다.

그때 유리가 방금 전 한 말을 다시 반복했다.

사랑해. 정말이야.

나는 벌떡 일어났다. 그리고 그길로 유리의 집을 빠져나왔다.

"그때부터 난 유리를 피했어. 두려웠어. 생각을 해 봐. 그건 정말……."

"유리를 배신했구나."

눈치를 챘나 보다. 영후는 내가 어렵게 한 이야기를 간략하게 정리했다. 사실이 그랬다. 기가 막힌다는 듯한 투의 내 말은 유리를 부정하는 것이나 다름없었다. 그것을 영후는 놓치지 않았던 것이다. 가슴이 시렸다. 그래서 뒷말은 더듬어야 했다.

"그, 그렇게 된 셈인가? 그래, 그렇겠지. 그래서 죗값을 톡톡히 치렀지만 말이야."

"죗값?"

나는 더 비겁해지려 하고 있었다. 기어코 나는 유리를 흠집

내기 시작했다.

"유리가 매일 전화를 했어. 하루에도 서너 번 이상은 했을 거야. 아니, 메시지는 수십 개도 넘어."

"전화? 학교에서 매일 만날 수 있는데도 전화를 해?"

"그래. 학교에서는 그림자처럼 날 쫓아다녔고, 집에 돌아가면 새벽 한 시까지 전화를 했어."

"설마…….'"

"그래. 믿기지 않을 거야. 애초에 중학교 때부터 유리를 쫓아다닌 건 나였으니까."

"……."

"그 애의 모든 게 부러웠어. 공부 잘하는 것도 부러웠고, 유리의 공부방, 유리 부모님까지, 전부……. 유리가 날 얼마나 편하게 대해 줬는지 아니? 물론 유리는 늘 담담했지만, 그때는 내가 유리를 끌어안고 싶었지. 그래, 솔직히 유리가 내 애인이면 좋겠다고 생각한 적도 있었어. 그게 뭐가 잘못됐지? 그, 그런데 그 애는 별로 날 생각하는 것 같지 않았어. 화가 났다구. 그건 정말…… 맞아. 그래서 공부한 거야. 유리와 같아지려고. 다만 그뿐이야. 그런데 정작 유리가 그런 식으로 가까이 다가오니까……."

횡설수설했다. 난 무얼 말하고 싶은 걸까? 변명을 하고 싶은 걸까, 아니면 그냥 호소를 하고 싶은 걸까. 급기야 얼굴이 붉어졌다. 그래서 뒷말도 마무리 짓지 못했다.

그 틈에 영후가 물었다.

"그럼, 유리가 너를 스토킹한 이후에도 넌 유리의 사랑을 받아주지 않았니?"

"할 수 없었어. 더 이상 내가 뭘 어쩌겠어? 아니, 나도 나름대로는 최선을 다했어. 유리가 준 커플링 반지를 끼고 다녔고 유리랑 입맞춤도 했어. 그 애가 내 볼을 만질 때도 그냥 두었어. 유리는 그러고 있으면 너무 행복하다고 했단 말야. 하지만 그 앤 자꾸만 날 더듬었어. 얼굴이며, 목덜미……."

더 이상 입을 열지 못했다. 영후가 남자라서가 아니었다. 엉뚱하게도 유리가 내 말을 듣고 있을지 모른다는 생각이 들어서였다.

"왜 그랬을까?"

"어?"

"유리 말야. 왜 너를 사랑했을까?"

시선은 나를 향해 있지 않았다. 영후는 먼 곳을 쳐다보며 혼잣말하듯 했다.

"처음엔 몰랐어. 그냥 유리가 좀 이상해져서 그렇다고 생각했어. 그래서 그 애의 사랑을 받아줄 수가 없었던 거고."

"지금은?"

"돌이켜 생각해 보니까, 다만 내가 그때 그곳에 있어서 그랬을 뿐이란 생각이 들어."

"그건 유리를……."

"오해하지 마. 내 말은, 유리가 가장 힘들고 누군가를 필요로 했을 때, 그 곁에 내가 있었을 뿐이란 뜻이야."

그 말이 도로 그 말 아닌가? 해 놓고 보니 그럴 수도. 하지만 난 분명히 기억하고 있었다.

지금 이 순간만이라도, 나를 사랑해 주면 안 돼?

전화로 울부짖듯 외치던 유리의 목소리. 그때는 이유를 물어볼 생각도 없이, 그냥 달아났다. 되도록 멀리 달아나려 애쓰기만 했다.

"그럼 너는 유리의 자살 이유가 너 때문이라고 믿는 거야?"

나는 고개를 끄덕였다. 그러자 기다렸다는 듯 영후가 물었다.

"그래서 행운의 편지를 쓰고 그 많은 일들을 저질렀니? 굳이 그럴 필요까지는……."

나는 영후의 말을 잘랐다.

"넌 내가 그런 일들을 전부 혼자서 했다고 믿니? 행운의 편지며, 방송이며, 전부?"

"처음엔 지희를 의심했었지만……."

"난 아니야. 내가 한 일은……. 그래, 어차피 밝혀질 일이고 밝히기 위해서 널 부른 거니까. 그전에 한 가지 약속해 줘. 아주 중요한 일이야. 나를 도와줘."

"무슨 일이지?"

"정의로운 일이라고 생각해. 넌 유리의 프린스잖아."

"정의로운 일? 무슨 일인지 말해 봐."

"말할게. 내가 한 일은……."

일단 그렇게 말해 놓긴 했지만 쉽사리 입이 떨어지지 않았다. 나는 끝내 얼굴을 붉히고 말았다. 사람들이 보는 곳에서 발가벗는 기분마저 들었다. 하지만 어쩔 수 없었다. 유리를 위해서라면 못 할 것이 없다는 생각이 들었다.

나는 마른침을 삼켰다. 그런 다음 입을 열었다.

"난 그 어떤 일에도 손대지 않았어. 내가 한 일이라고는 고작 추모 방송이 나왔을 때, 1학년 아이들에게 부탁해서 국화꽃을 가지고 들어오게 한 것밖에는……."

"그럼 대체 행운의 편지랑, 방송이랑, 그런 것들은 도대체 누가……."

"경호일 거야."

말해 놓고, 나는 자신에게 놀랐다. 생각보다 담담하게 그 이름을 호명했으므로.

"경호……라니?"

너, 지금 무슨 말을 하고 있는 거야? 영후는 그런 표정이었다. 미간을 좁히고 나를 쳐다보았다.

"의외라고 생각할 거야. 나도 마찬가지야."

"자세히 좀 말해 봐."

자세히 말할 것도 없었다. 모른 체했지만, 나는 경호가 행운의 편지를, 그것도 교실에서 직접 쓰고 있는 것을 여러 번 보았다. 그리고 마침내 학생주임이 소지품 검사를 하던 날, 그 애가방에서는 온갖 종류의 편지가 수십 장이 쏟아져 나왔다. 하지만 그 이후에도 경호는 행운의 편지를 썼다. 나와 눈이 마주쳐도 결코 숨기려 들지 않았다.

"확신할 수는 없지만…… 나도 경호의 표적일 뿐인 것 같아."

그 순간, 휴대전화기가 진동했다. 얼른 꺼내 보았다. 준영이었다.

게임, 승자의 이야기

"경호가 유리를 좋아했다면 왜 나와 유리를 엮어서 그런 이상한 소문을 냈지? 행운의 편지도 그렇고……. 그럼, 추모방송은 또 뭐지? 도대체 놈의 정체가 뭐야?"

영후가 나를 따라오면서 말했다. 묻는다기보다는 독백에 가까웠다. 그래서 나는 대답하지 않았다. 사실 경호에 대해서는 무어라고 대답해야 할지 한참 고민해 보아야 했다.

무슨 다른 말로 상세히 설명하는 건 오히려 우습다. '비호감'이라고 말해 버리면 딱 어울릴 텐데. 쉬는 시간에도 조용히 하자고 말하는 아이, 체육대회 날에도 혼자 교실에 남아 수학 문제를 푸는 아이, 선생님의 출신 학교를 들먹이며 실력 운운

하는 아이, 소풍 날 장기 자랑 때도 혼자 웃지 않으면서 ‘유치해!’라고 말하기를 주저하지 않는 아이……. 그런 아이가 바로 경호였다.

하긴 경호가 유리를 좋아한다는 걸 눈치챈 건 유리의 장례식 때였다. 울기도 했다. 뭔가, 이 상황은? 아니, 그럴 수 있다. 좋아하는 감정이야, 외계인인들 없을라고. 그런데 유리에 관한 헛소문을 퍼뜨리다니. 그리고 투서……? 그게 설사 자작극이었다고 해도, 왜? 이걸 대담하다고 해야 하나, 아니면 무모하다고 해야 하나. 게다가 행운의 편지는?

행운의 편지뿐만이 아니다. 복사된 유리의 노트, 그것을 따라 쓴 백지 여러 장, 그 뒷면에는 추모를 신청하는 글의 초안. 그것을 깊이 숨겨둔 것도 아니고. 책상 서랍 안에 대충 끼워져 있었다. 뭐가 그리 자신이 있었던 걸까.

아니, 혹은 미끼가 아니었을까. 내가 다가갈 것을 알고 기다리지는 않았을까.

영후를 돌아보았다. 여전히 고개를 젓는 것은, 영후가 나와 같은 생각을 하고 있기 때문은 아닌지. 그래서 먼저 한 마디 거들었다.

“너나 나, 혹은 지희라면 몰라도 경호는 그런 짓을 할 리가 없다고 생각하지?”

“왜? 그래서 녀석이 얻는 것은 뭔데?”

“지금 그걸 확인하려는 거야.”

“어떻게…….”

“일단 준영이가 올 때까지 기다려 보자. 부탁해 놓은 게 있어. 곧 확인이 될 거야. 아, 저기…….”

마침 모퉁이에서 준영이가 나타났다. 준영은 뒤꿈치를 들고 뛰어왔다.

“미안해. 늦었지? 전산실 선생님한테 핑계 좀 대고 하느라고…….”

“어떻게 됐어?”

“네 말대로야.”

“확인했니?”

“응. 전산실 17번 컴퓨터야. 유리의 추모 신청곡이 발송된 IP 주소를 따라 들어가 보니 그 컴퓨터였어. 그리고 이것…….”

준영이는 프린트한 종이를 내밀었다. 꽤 여러 장이었다.

“이건 뭐지?”

“그 컴퓨터 워드프로세서에서 작성된 행운의 편지들이야. 지워 놓은 걸 복구프로그램으로 살려냈어. 내 생각엔 상당수가 이메일로 보내졌겠지. 손으로 쓴 건 직접 돌렸을 테고. 우리가 받은 행운의 편지와 내용이 대부분 일치하고 있어.”

나는 가장 앞의 것을 읽어 보았다.

이 편지는 행운의 편지입니다. 영국에서 시작된 이 편지가 당신에게 행운을 가져다 드릴 것입니다. 이 편지를 받는 즉시

49장의 편지를, 24시간 안에 다른 사람에게 보내야 합니다……. 유리는 49장 중에서 단 세 장을 빠뜨려 창에서 뛰어내렸습니다. 그리고 또 누군가는 이유 없이 범인으로 지목받았으며, 어쩌면 누군가는 또다시 4층 옥상에서 뛰어내릴 준비를 하고 있을지 모릅니다. 49장을 24시간 안에 보내야 합니다. 그렇지 않으면 당신도 그 희생자가 될 수 있습니다. 지금 즉시 이 편지를 복사해서 49명에게 보내십시오.

"내일, 아니 오늘부터는 이 편지가 아이들 사이에서 돌아다니겠지?"

준영이 내 옆에 와 말했다. 그때 영후가 나섰다.

"잠깐만! 그럼, 지금 이 행운의 편지는……."

"맞아. 영후야, 경호가 한 짓이라고!"

"하지만 그 컴퓨터를 경호가 사용했다는 걸 어떻게 알지?"

"컴퓨터 사용일지에 나와 있잖아. 그리고 CCTV……."

"아……."

"그런데 이상한 건, 전산실 선생님도 17번 컴퓨터의 사용자를 찾고 있는 것 같아."

"그래? 왜?"

"학주랑 살모사가 알아봐 달라고 했다던데……."

"잠깐만!"

나와 준영이의 대화를 영후가 가로막았다. 나는 영후를 쳐다보았다.

"너무 허술해. 용의주도해야 하는데, 너무 허술하잖아."

"맞아. 나도 그렇게 생각해. 이건 뭔가……. 아무튼 여기엔 우리가 모르는 음모 같은 것들이 있어."

역시 영후도, 그리고 준영이도 그런 생각을 하고 있었다. 역시 그럼 미끼일까? 우리가 자신에게 다가오도록 기다리고 있는 것일까? '음모'라는 말이 묘하게 소름끼쳤다.

확인할 필요가 있었다. 나는 휴대전화기를 꺼냈다. 그리고 경호의 전화번호를 찾아 메시지를 보냈다.

-전산실 컴퓨터에서 네가 쓴 행운의 편지를 찾았어. 구름다리에서 잠시 만나.

그런데 의외로 답신이 곧바로 왔다.

-생각보다 늦었군.

맞다. 녀석은 기다리고 있었던 거였다.

"가자!"

나는 앞장섰다. 하지만 겁이 났다. 그래서 자꾸만 뒤따라오는 프린스와 준영을 힐끗거렸다.

구름다리. 그곳은 아이스 랜드와 불의 지옥을 연결하는 통로 같은 곳이었다. 사실 구름다리는 선생님들 외에는 잘 이용하지 않았다. 들꽃반 아이들이 장미반과 학습지도실이 있는 쪽으로 갈 이유가 없었고, 장미반 아이들은 더더욱 들꽃반에 볼 일이 없었다.

장미반 쪽 구름다리 끝에 경호가 서 있었다. 난간에 기댄 채 이어폰을 꽂고 있었다. 노래를 듣는 것인지, 경호는 고개를 끄덕이며 장단을 맞추고 있었다. 내가 구름다리에 막 들어섰을 때, 경호와 눈이 마주쳤다.

조금 더 다가가자, 경호가 기척을 느끼고 이쪽을 쳐다보았다. 그러더니 이어폰을 뺐다. 경호는 예의 버릇처럼 두 손을 올려 은테 안경을 바로 끼었다.

나는 침을 삼켰다. 심장이 더 빨리 뛰는 것이 느껴졌다. 경호가 눈치채지 못하도록 조심스레 심호흡을 했다. 마음을 다잡아야 했다.

하지만 기껏 나온 소리는 얼토당토않게 애원하는 듯한 소리였다.

"너 유리한테 왜 그러니? 언제까지 계속 이럴 거야?"

"글쎄⋯⋯."

경호의 갸름한 얼굴에는 아무런 표정도 없었다. 그래서 얄미웠다. 하지만 그래도 뭘 어쩔 수가 없었다. 답답했다.

"네가 정말 유리를 좋아하긴 한 거니?"

따지듯 물었다. 결국 주체할 수 없는 감정에 휘말려 있었다. 화도 났고, 짜증도 났고, 한구석에는 경호에게 매달려 그만두라고 애원하고 싶은 마음도 있었다.

하지만 나에 비해 경호는 지나치게 담담했다.

"그걸 물어보고 싶어서 날 나오라고 한 거야?"

"전부! 다 말해 봐. 왜 그랬는지!"

나는 목소리를 조금 높였다. 영후가 끼어들었다.

"그래. 이건 유리에 대한 예의가 아니야. 더구나 유리는 이미 우리 곁을……."

하지만 영후는 뒷말을 맺지 못했다. 경호가 그 말을 단칼에 베었다.

"병신 같은 자식!"

헉! 숨이 탁 막혔다. 경호의 눈빛은 야유와 비웃음을 가득 머금은 채 빛을 냈다. 그러더니 할 말을 잊은 영후에게 또 한 마디 던졌다.

"프린스라고? 누가 너에게 그런 칭호를 하사했지? 너 같은 천민을 프린스로 만들어 줬으면 은혜는 갚아야 할 거 아니야. 은혜도 모르는 배은망덕한 새끼!"

도대체 뭐라는 걸까? 천민? 그건 유리의 판타지 소설에 자주 등장하던 단어였다. 그런데 경호가 어떻게? 아니, 그보다 은혜라니? 나는 혼란스러워지기 시작했다.

"뭐? 지금 뭐라는 거야?"

영후가 되물었다.

"후후! 넌 지금 내가 무슨 말을 하는지도 모르지? 유리를 사랑한다는 자식이 유리를 배신해?"

"배신이라니? 이 자식이 정말!"

영후는 경호의 멱살을 잡았다. 하지만 곧 풀었다.

"그만두자. 너 같은 녀석과 마주 대하고 있는 내가 한심하다."

영후는 고개를 저었다. 그러더니 몸을 돌렸다.

"영후야!"

"미안해, 난 가 봐야겠어. 저놈과 마주 보고 있으니 구역질이 나."

내가 부르자 영후는 돌아보지 않고 말했다. 하지만 영후는 채 서너 걸음 걷지도 못했다. 경호의 말이 다시 뒷덜미를 잡아당겼다.

"너희들, 뭘 모르는 모양인데…… 그래, 한때 나도 유리를 좋아했지. 불쌍히 여겨서 위로나 좀 해 줄까 했는데 말야. 그런데 내가 싫대. 뭐라는지 알아? 더럽대. 그년이 나를 저 더러운 사제들이랑 똑같은 취급을 했다고! 날보고 뭐라더라? '사제들의 종'이랬던가? 아무튼 그런 모욕 처음이었어. 감히 날 건드려? 그런 사제들에게 꼬리친 게 누군데. 음탕한……."

순간, 영후가 몸을 돌렸다. 그러더니 몇 걸음 다가와 다리를 쭉 뻗어 올렸다.

"허억!"

맞지는 않았다. 영후도 처음부터 때릴 생각은 없었던 듯했다. 그러나 경호는 깜짝 놀라 뒤로 몸을 피했다. 그러다가 휘청거리며 제풀에 넘어졌다.

영후는 다시 달려들었다. 자빠진 경호의 멱살을 잡아 일으켰다. 말려야 한다는 생각이 잠깐 들었지만, 선뜻 움직이지 못했다. 묘한 쾌감 때문이었다. 하지만 머릿속은 그런 쾌감을 즐길 때가 아니었다. '사제'라니? '사제의 종'은?

"다시 말해 봐!"

영후가 다그쳤다.

"너는 고작해야 나한테 주먹질밖에 못하지? 한심한 자식! 유리가 죽은 뒤에까지 성폭행을 당했다는 소문이 돌 때, 넌 도대체 뭘 했니, 이 병신아!"

"뭐, 뭐라고? 김경호! 함부로 말하지 마! 그건 네가 퍼트린 악성 루머였잖아. 유리를 그런 식으로 모독하지 마."

이번엔 내가 소리를 빽 질렀다.

"루머 같은 소리하고 자빠졌네. 너희들은 내가 그런 소문을 냈다고 생각하지? 그래서 이렇게 개떼처럼 몰려다니는 거고?"

"당연한 거 아니야?"

"혜수, 너도 똑같은 년이야."

"뭐? 지금 뭐랬어?"

나는 발끈해서 되물었다.

"넌 왜 나에게는 그런 소문을 누구에게서 들었는지 묻지 않는 거지?"

"뭐? 그게 무슨……?"

그러고 보니 그렇다.

"내가 그런 소문을 낸 범인이라고 믿고 싶었던 거겠지. 큭큭."

"그럼, 누구야? 네가 교실에서 아이들 모아놓고 하는 이야기 다 들었단 말야. 그걸 이제 와서 발뺌하겠다고?"

그렇게밖에는 생각되지 않았다. 하지만 나의 그런 생각을 경호는 비웃었다. 대꾸하지 않고, 피식 웃기만 했다. 그래서 나는 다그쳤다.

"아니야? 왜 말을 못 해. 그럼 지금 말해 보라고! 유리가 성폭행 당했다는 소문을 제일 먼저 낸 사람이 누구냐고? 못 하지? 거 봐. 넌……."

"아메리카 살모사."

내 말을 끊더니, 경호는 그렇게 뱉어 놓았다. 그러고는 고개를 숙였다. 나는 잘못 들은 것 같아 고개를 갸웃거려야 했다.

"뭐? 영어가? 너 지금 무슨 말을……."

"아, 그럼 소문의 배후가 학교였던 거야? 투서는? 그럼, 아예 투서란 없었던 거야?"

준영이었다. 녀석은 기가 막히다는 듯 피식 웃었다. 그러는 준영을 보고 경호는 씩 웃었다.

"빙고!"

설마! 나는 무슨 말을 해야 할지 엄두가 나지 않았다. 그런데 그때, 영후도 나섰다.

"그, 그래서 살모사가 자꾸 나에게……."

"너에게 뭘?"

"자꾸만 내가 유리를 건드렸다고 단정 지으려 했어. 왜 그랬지?"

"언제?"

"며칠 전 불려갔을 때, 자꾸만 그런 느낌을 받았어."

"그래서 잦아들었던 소문이 다시 불거진 거야? 하지만 그 소문은 전부터 있었어."

"살모사에게는 소문이 아닌 구체적인 '사실'이 필요했겠지."

그때 경호가 나섰다.

"이제 알겠냐? 이 돌대가리들아! 개떼처럼 몰려다니면서 알아낸 게 고작……. 너희들 모두 나한테 고맙다고 해. 특히, 너!"

호통을 치듯 경호가 영후를 가리켰다. 하지만 질문은 내가 했다.

"김경호. 우리가 왜 너에게 감사해야 한다는 거지?"

"그걸 몰라서 물어? 내가 아니었으면, 아무도 유리를 기억하려 하지 않았을걸! 저 한심한 프린스 놈조차도 유리를 위해서 한 일이 아무것도 없었으니까."

들고 보니, 그랬다. 대부분의 아이들은 유리가 죽은 지 며칠 만에 평온을 되찾았으니까! 그러다가 행운의 편지와 추모행사로…… 나는 얼굴이 뜨거워졌다.

경호의 목소리는 점점 더 현실적으로 들리기 시작했다.

"프린스. 내가 너에게 미안한 건 딱 한 가지뿐이야."

"그게 뭐지?"

"너와 유리가 사랑하는 사이라고 소문낸 것. 결국 그것 때문에 아이들이 너를 유리의 성폭행범으로 오해하긴 했지만."

"왜 그랬는데? 말해 봐. 왜 그랬는지."

영후가 곧바로 물었다.

"프린스, 넌 유리의, 그리고 우리의 프로메테우스였으니까. 유리가 너를 그렇게 말했어. 사제들에게 심장을 쪼여도 우리를 지켜 줄 프로메테우스! 난 진정 유리가 프로메테우스의 연인이길 바랐을 뿐이야. 하하하!"

경호는 크게 웃었다. 하지만 그 웃음의 진정한 의미를 헤아리기는 어려웠다. 방금 전에 한 말처럼, 녀석의 웃음은 갑작스럽고 난해한 행동이었다.

이제 내가 나설 차례였다.

"그럼, 지금 네가 하고 있는 짓은 뭐야? 유리를 위한 행운의 편지를 쓰고……. 그럼, 학주가 지희를 범인으로 지목했을 때, 지희가 범인이 아니라는 내용의 편지를 돌린 것도 너였니?"

경호는 담담하게 고개를 끄덕였다. 그 즉시, 준영이 되받아

처 물었다.

"왜 그래야 했지? 지희가 범인이 되면, 넌 슬며시 빠질 수 있었잖아. 이렇게 들켜 버릴 위험도 없어질 테고 말이야."

"왜냐고? 지희는 정말로 범인이 아니니까. 물론 나도 범인이 아니야!"

"너 정말? 네가 아니면 누구야? 방금 네 입으로……."

나는 경호의 궤변에 진저리를 쳤다. 그래서 목소리를 높였다. 그러나 궤변은 이제 시작일 뿐이었다.

"범인은……, 우리야!"

"뭐라고? 무슨 소리를 하는 거야?"

"내 말이 어려워? 우리 모두가 범인이란 말야. 유리의 소설을 이어서 쓰기 시작한 사람도 여기 있는 우리만이 아니었고, 행운의 편지에 유리를 등장시킨 것도 한둘이 아니야. 아이들은 소곤대며 유리에 대해 이야기하고 있어. 유리를 전혀 모르던 아이들까지. 준영이 너도 내 말을 이해 못 하는 건 아니겠지?"

내게로 향해 있던 경호의 시선이 불현듯 준영에게 옮겨갔다. 나도 그 시선을 따라 준영을 쳐다보았다. 준영은 약간 당황한 듯하더니 곧 입을 열었다.

"그, 그럼 네 말은, 어쨌든 우린 저마다 유리를 기억하고 있었다는……, 그런 말을 하고 싶은 거야?"

"빙고!"

이젠 거드름까지 피웠다. 경호는 박수도 두 번 쳤다. 그걸 본

준영은 입맛을 다셨다. 영후는 어금니를 문 채 다른 데를 쳐
다보고 있었다.

"그럼, 유리의 초상화도 네 짓이니?"

준영이가 물었다.

"그래. 그 초상화. 네 녀석들에게 들킬 뻔했지만……."

"뭐, 뭐라고? 내 그림에 덧칠을 한 게 너였단 말야? 왜? 왜
내 그림에 네가 손을 대?"

나는 발악하듯 소리쳤다. 그런데 경호의 대답은 의외로 단
순했고, 담담했다.

"이 게임의 승자는 나니까!"

허탈했다. 더 이상 무슨 말을 해야 할지 판단이 서질 않았다.
나는 고개를 돌렸다.

준영이 목소리가 들렸다.

"그럼, 그림을 하필이면 내 이젤 위에 올려놓았던 이유는 우
리 모두들 한자리에 모이게 하기 위한 거였어? 맞아?"

"커렉트(correct!)"

"미친……."

나는 중얼거렸다. 도대체 녀석이 제정신인지 의심이 갔다.

한동안 말이 없었다. 영후는 경호 옆에서 난간 아래쪽을 내
려다보고 있었다. 이따금씩 심호흡을 했다. 그럴 때마다 영후
의 어깨가 많이 떨렸다.

빗방울이 굵어졌다. 구름다리 위에 쳐 놓은 천막에서 빗물

떨어지는 소리가 들렸다.

이제 그만두자. 그리고 그 생각은 곧 말이 되어 입 밖으로 나왔다.

"이제 그만하자."

"그만하자고? 이제 시작일 뿐인데?"

"무슨 말이야?"

"너희들, 모두 유리를 배신했어. 너희들 중에서 단 한 사람만이라도 유리의 곁을 떠나지 않았다면 유리는 옥상에서 떨어지지 않았을 거야."

"넌 유리의 죽음이 우리 탓이라고 말하고 싶은 거야?"

"왜? 아니라고 말할 수 없을걸?"

맞다. 아니라고 말할 수 없었다. 그러므로 나는 대꾸하지 못했다. 무슨 생각을 해내려고 애썼지만, 아무런 생각도 나지 않았다. 다른 아이들이라면 몰라도, 적어도 나는 영후의 말대로 유리를 배신한 게 틀림없었으니까.

그런데 그때 영후가 나섰다.

"결국 나도……."

"당연하지. 넌 프린스였는데! 학교에 남아서 사제들과 싸웠어야지. 그런데 넌 굴복했어. 타협했지. 따지고 보면, 네가 살모사와 함께 가장 먼저 유리를 배신한 거야."

영후의 말을 기다렸다는 듯 경호가 말을 받았다. 영후는 아무 대꾸도 하지 못했다.

“살……모사?”

“몰라? 유리가 가장 믿고 따랐던 영어 선생, 결국은…….”

왜 모를까. 다른 아이들에게는 정말로 독사 같았지만, 적어도 유리에게만큼은 가장 친절했다. 모의고사 한 문제 한 문제까지 자상하게 풀어 주기도 했었지. 그래서 유리는, ‘영어 샘이 뭐가 무섭다고 그래?’라고 말하기도 했다. 그런데 그게 전부 ‘거래’였다는 걸 유리가 알아채고 말았다. 그래서 유리가 실망했던 거였다. 나는 경호의 말은 듣는 둥 마는 둥 혼자의 생각에서 헤어 나오지 못했다.

그때, 준영이 툭 끼어들었다.

“지희도 결국 그런 거였어.”

“지희는 왜?”

“유리가 여행을 가자고 했었대.”

“언제?”

“죽기 며칠 전, 아니! 죽던 날도 그랬대. 지희는 그러지 못한 걸 후회했거든.”

“그것 봐. 너희들, 하나같이 유리를 혼자 둔 거야.”

나와 준영이의 대화에 경호가 끼어들었다.

가슴이 서늘해졌다. 이렇게 조금 더 시간을 보내고 나면, 심장이 얼어 버릴지도 모른다는 생각이 들었다. 나는 그 착각 때문에 자꾸만 숨을 크게 내쉬어야 했다.

그런데 바로 그때였다. 잘 참고 있는 듯 보였던 영후가 불현듯 소리를 질렀다.

"아아아아 — !"

나는 그때 똑똑히 보았다. 영후가 소리를 지르며 경호를 향해 주먹을 높이 뻗었고, 그러나 경호는 피할 생각도 하지 않고 그 주먹을 맥없이 바라보고 있었다. 이내 주먹은 경호의 얼굴을 향해 날았다. 그러나 주먹이 꽂힌 곳은 경호의 얼굴이 아니라 구름다리 기둥이었다.

쿠쿵.

둔탁한 소리와 함께 구름다리 전체가 부르르 떨렸다.

또 침묵. 그리고 빗소리. 누구도 선뜻 말을 꺼내지 못했다.

머릿속이 뒤죽박죽이었다. 돌변한 경호의 태도와 방금 전까지 쏟아놓은 말들. 어떻게 정리하고 간추려야 할지 판단이 서지 않았다. 그러나 분명한 한 가지는 그 애가 단순히 야스락거리거나 출썩거리고 있는 것이 아니라는 것. 물론 느물거리는 느낌이 없지 않았지만 그 애의 말은 시간이 지날수록 가슴을 죄었다.

"프린스…… 넌 단순히 춤이나 추는 보헤미안이 아니란 말이야. 유리와, 그리고 우리의 프린스야."

경호가 말했다. 갑자기 이 엄숙한 표정은 또 무언가. 게다가 우리라니? 가해자가 피해자 쪽으로 슬쩍 무임승차하겠다는 것인가?

영후는 막 벽에 꽂혔던 주먹을 빼어 뒤로 비틀거리며 물러나고 있었다. 물론 영후는 대꾸하지 않았다. 아까 경호가 그랬던 것처럼 피식 웃고 그만이었다. 그런 영후의 등에 대고 경호가 다시 선언 같은 한마디를 뱉어 놓았다.

"하지만 넌 쫓겨나겠지. 노 멘스 힐의 사제들은 프로메테우스를 원하지 않아. 후후. 아마 그건 네가 더 잘 알고 있을 거야."

아무도 경호의 말에 대꾸하지 않았다. 경호는 유리의 노트에 있는 단어들을 쓰고 있었다. 이상한 일이었다. 그 단어들이 이제는 전혀 낯설지가 않았다. 경호의 입에서 쏟아져 나오는 것임에도 불구하고. 그것은 뜻밖에도 오랫동안 같이 그런 이야기를 나누었던 것처럼 내 귀에는 들리고 있었다.

"넌 그냥 전설로 남아. 큭큭! 유리와 함께 전설로……."

과연 경호는 '적'일까, 혹은 '동지'일까? 그 판단조차 내릴 수가 없었다. 물론 나를 이런 상황으로 몰고 가는 것이, 경호가 우리로부터 빠져나가기 위한 고도의 술책이라는 생각도 들었다.

경호는 그런 생각을 하고 있는 나에게 또 다른 숙제 하나를 더 던져주었다.

"이제 무슨 말인지 알겠지? 책임은 우리 모두가 지는 거야. 우린 공범이니까. 다만 난 처벌받지 않는다는 게 너희들과 내가 다른 점이지. 사제들은 진실보다는 희생양을 필요로 할 뿐이니까!"

"희생양……."

나는 얼결에 경호의 뒷말을 따라서 중얼거렸다.

"그래. 희생양. 노 멘스 힐은 지켜져야 하니까. 사제들의 명예는 성스럽게 지켜져야 하니까."

그때 아주 나쁜 생각 하나가 머릿속을 스쳐지나갔다. 나는 준영이가 프린트해 온 행운의 편지 중 하나를 내밀었다. 아까 읽은 것이었다. 내일 돌아다니게 될 것이라고 말했던 그 편지.

"이거, 네가 쓴 거야?"

경호는 받아들고 읽더니 고개를 저었다.

"이건 내가 쓴 게 아니야."

"그럼……. 지희 맞지?"

누군가는 이유 없이 범인으로 지목받았으며, 어쩌면 그런 이유로 누군가는 또다시 4층 옥상에서 뛰어내릴 준비를 하고 있을지 모릅니다. 행운의 편지 속 구절. 섬뜩해졌다. 나는 편지를 뺏어 들었다.

"지희가 아까 나를 찾아왔었어."

"찾아와서 뭐랬는데?"

"다시 물었어. 유리가 정말 프린스와…… 아니라고, 사실대로 말해 줬어. 유리의 판타지 소설 노트도 내가 훔쳤다가 제자리에 놓아둔 거라고 말해 줬구."

"옥상!"

준영이가 말했다. 내 머리에도 그 말이 스쳐갔다. 나는 재빨리 몸을 돌렸다.

하지만 채 두어 걸음 만에 나는 다시 멈추었다. 준영이 때문이었다. 녀석이 머뭇거리고 있었다.

"준영아, 왜……."

"나까지 여기에 불러낼 이유는 없지 않았니? 난 유리를 좋아한 것도 아닌데……."

난 더듬거렸고, 그러나 나는 쳐다보지도 않고 준영은 경호에게 물었다.

"그래서 네가 필요했던 거야."

끝나지 않는 B-Boying

다행히도 지희는 없었다. 옥상은 비어 있었다. 아무도 보이지 않았다. 나는 난간에 기댄 채 안도의 숨을 내쉬었다. 허탈했다. 빗물이 옷 속으로 스며들었다. 몸이 떨렸다.

"내려가자. 아무 일도 없을 거야."

옥상을 한 번 더 돌아보고 오더니 준영이가 말했다. 우산을 받쳐주며 팔을 끌어당겼다.

"전화도 안 받아?"

"응. 휴대전화기가 꺼져 있어."

"프린스는?"

"먼저 내려가겠다고 했어. 할 일이 있다고……."

나는 대답 대신 고개를 끄덕였다. 그리고 긴 숨을 내쉰 뒤에 물었다.

"근데 준영아. 넌 경호의 말을 이해하니? 그 애가 무슨 말을 한 건지?"

준영이는 나와 눈이 마주치자 슬그머니 고개를 돌렸다. 그러더니 먼 산을 쳐다보며 물었다.

"후후. 그 애 말대로 믿고 안 믿고가 중요한 게 아니라……."

"그럼 뭐지?"

"경호도 결국은 피해자라는 생각이 들어."

"피해자? 그럼, 가해자는 누군데?"

"우리……."

낮은 소리로 말하며 준영은 몸을 운동장 쪽으로 돌렸다.

"우리?"

"응. 우리를 둘러싼 모든 것들. 너와 나, 학교, 선생님, 어머니와 아버지……. 그러면서 우린 또 피해자야."

그 말에는 결국 고개를 끄덕일 수밖에 없었다. 그렇다고 준영의 말을 온전히 이해할 수 있는 것은 아니었다. 어찌 보면 경호의 말과 흡사하게 들렸다.

"유리도 마찬가지고."

"유리는 왜지?"

"가장 큰 피해자가 유리이긴 하지만, 유리는 우리 곁을 떠남으로써 가해자가 된 거야."

"하지만 그건……."

억지야,라고 말하고 싶었다. 그런데 난 입을 열지 못했다. 아마 나도 위로받고 싶은 건지도 몰랐다.

"물론 유리는 살아 있는 게 더 힘들었겠지. 그렇지만 살아 있는 사람들의 슬픔까지 달래 주지는 못했잖아."

이번에도 고개를 끄덕일 수밖에 없었다.

그런데 그다음은 좀 뜻밖이었다.

"경호는 조금 더 큰 피해자라는 생각이 들어."

"뭐라고?"

"화내지 마. 그래도 우린 잘 버티고 있었잖아. 하지만 경호란 녀석은…… 어쩌면 우리보다 더 힘들었기 때문에 그런 짓을 했을 거란 생각이 드는 것도 사실이야."

어렵다. 그걸 다 이해하고 받아들이기에는 나는 아직 어린 모양이다.

"이제 조금은 이해할 수 있을 것 같아."

"……."

뭘?, 하고 물을 뻔했다. 하지만 입을 열지 않았다. 새삼스럽게 목이 따가웠다.

나는 기다렸다. 그런 내 마음을 읽었을까. 준영이가 말을 이었다.

"생각해 봐. 우린 한쪽 옆에서 저 애가 입시 스트레스 때문에 자살했겠거니, 생각했단 말야. 그래서 몇몇은 그 애의 죽음을 보면서 학교를 비난하고 선생님을 비난했지. 조금 더 많이 알고 있던 너와 또 몇몇은 어머니를 욕하고 그 죽음을 담담히 받아들이고 말려는 아이들을 욕했지. 그런데 뜻밖에도……."

"뜻밖에도?"

준영이 문득 말을 멈추었으므로 나는 되물었다. 자신도 모르게 마른침을 삼켰다. 하지만 이내 땀과 비가 섞여 목구멍으로 넘어갔다. 나는 새삼 또 다른 긴장감에 휩싸여 몸을 떨었다.

준영은 잠깐 동안 쓸쓸하게 웃고 나서 이내 입을 열었다.

"지금까지 우리 주위에서 일어난 일들, 얼마나 우스꽝스러워. 모두 두려워 떨었어. 우리가 그랬고, 선생님들과 다른 아이들……."

말이 끊어졌다. 나는 기다렸다. 준영이가 숨을 고르고 있다고 생각했다. 하지만 준영의 말은 좀처럼 이어지지 않았다.

나는 준영이 받쳐주고 있는 우산을 걷어냈다. 그냥 비를 맞고 싶었다. 물론 그래도 가슴이 시원해질 것이라는 생각은 들지 않았다. 씻고 싶었다. 유리가 그랬듯이. 물론 유리가 씻어 내려 한 것이 무엇이었는지 일일이 헤아릴 수는 없었지만. 다만 무엇이든 깨끗하게 씻어 버리고 싶었다. 가능하면 머릿속의 기억까지 빗물에 쓸려 버렸으면! 아, 어쩌면 유리도 그러고 싶었던 건 아닐까?

나는 얼굴로 흘러내리는 빗물을 손으로 닦았다. 그리고 방금 전 준영이 한 말을 떠올렸다. 그런 다음엔 경호의 말들까지 곱씹었다.

"좀 우스운 말이지만……."

옥상의 난간을 잡고 운동장을 내려다보고 있을 때 준영이 다시 입을 열었다. 나는, 이번에는 돌아보지 않았다. 난간을 더 힘주어 잡은 채 말을 기다렸다.

준영은 내 옆으로 조금 더 다가왔다. 그러고는 입을 열었다.

"유리는 정말 왜 죽었을까?"

무슨 말을 하고 싶은 걸까. 나는 대꾸하지 않고 준영을 쳐다보았다. 준영의 시선은 아까도 그랬던 것처럼 먼 곳 어딘가를 향하고 있었다.

그때, 가슴속에서 무언가 풀썩 내려앉았다. 나는 혼잣말하듯 중얼거렸다.

"유리는 노 멘스 힐을 지키기 위해서 추방된 거였어."

뭔가 대꾸할 법한데 준영은 그저 숨소리만 크게 내고 있었다. 그런 준영이 이상해서 몸을 돌렸다.

바로 그때, 오토바이 엔진 소음이 들렸다. 나와 준영은 누가 먼저랄 것도 없이 운동장 쪽을 내려다보았다. 영후였다.

영후는 운동장 한가운데에 와서 오토바이를 멈추고 내렸다.

그리고 오토바이 계기판 쪽을 더듬었다. 이어 음악 소리가 들렸다. 영후는 잠시 고개를 들어 하늘을 쳐다보았다. 그러더니 천천히 음악을 따라 몸을 움직이기 시작했다.

"뭘 하려는 거야? 설마 저 진흙탕 위에서 비보잉……?"

준영이 말했다. 나는 대꾸하지 않았다. 영후만 바라보았다.

곧 영후는 물구나무를 섰다. 그런 채로 농구공처럼 톡톡 위아래로 튀기 시작했다. 발은 쭉쭉 뻗었다가 다시 구부렸다가, 하는 동작을 반복했다. 한참을 그런 뒤에는 한손으로 톡톡 튀며 제자리에서 원을 그렸다.

"핸드팝(Hand-Hop)!"

나는 자신도 모르게 말했다.

"네가 어떻게……?"

준영이가 물었다. 그쯤은 알고 있었다. 유리에게 수도 없이 비보잉에 대해서 들었으니까.

"유리가 말해 줬어. 영후한테 들었다더라. 휴대폰에 영후가 비보잉 하는 모습을 찍어서 나를 보여주기도 했고. 수도 없이 보았는걸!"

나는 돌아보지 않고 대답했다.

영후는 잠시 바로 섰다. 하지만 그것도 잠시, 이번에는 원을 그리며 제자리를 도는 듯하다가, 곧바로 물구나무를 선 채 두 손만을 이용해서 회전하기 시작했다. 두 다리는 허공에서 가위질을 하기도 했고, 180도 벌어지기도 했다.

"에어트랙 나인틴나이티(Airtrack 1990)!"

다시 쉬지 않고 영후는 다리를 모은 채 곧추세우더니 때론 한손으로, 혹은 손을 모아서 회전을 했다. 두 번, 아니 세 번쯤?

"나인틴나이티(1990)!"

나는 또 중얼거렸다. 하지만 흙바닥이 아니라 그런지 영후는 그 자리에 풀썩 쓰러지고 말았다.

하지만 영후는 다시 일어났다. 그러더니 다시 물구나무를 서는 듯하다가 어깨의 등만을 이용해서 회선을 하기 시작했다.

"윈드밀, 아니, 윈드밀…… 헤일로(Halo)?"

왜냐하면 나중에는 머리까지 바닥에 대고 회전을 했으므로.

이어 영후는 숄더 헤일로(Shoulder Halo), 윈드밀 에어트랙, 헤드 스핀…… 운동장에 나타날 때만 해도 희었던 그의 윗옷은 이미 흙탕이 되어 있었다.

그때, 문득 준영이가 외치듯 말했다.

"안 되겠어! 내려가 봐야겠어."

나는 준영을 돌아보았다. 눈빛으로 왜?, 하고 물었다.

"저 녀석 저러다 쓰러지겠어."

"아……."

그러고 보니 영후는 멈출 생각을 하지 않았다. 쓰러지면 일어났다가 다시 또 돌고, 반복하고 또 반복했다.

준영은 내게 우산을 건네주고 달려 내려갔다. 그 순간에도 영후는 여전히 혼자만의 비보잉 중이었다. 끝날 것 같지 않았다.

'영후, 아니 프린스! 이제 그만해. 유리……? 유리, 너도 보고 있니?'

나는 혼자 묻고 대답했다. 누군가의 목소리를 들었던 것이다. 나는 두리번거렸다.

'어디였지?'

또 자신에게 묻고, 반사적으로 걸었다. 유리가 떨어진 그곳을 향해서.

곧 나는 유리가 밟았던 난간 위에 올라섰다.

어디선가 바람이 불어왔다. 그 바람은 옷깃 안으로 스며들었다. 떨었다. 냉기가 전신을 훑었다.

무슨 생각을 했을까. 유리는 이곳에 올라서서 무슨 생각을 했을까. 누구를 생각했을까. 누구를 원망했을까. 단 한순간이라도 뒤로 돌아서 내려갈 생각을 하지는 못했을까.

나는 눈을 감은 채 스스로에게 물었다. 아프도록 입술을 깨물었다.

그런 채로 나는 다시 물었다.

난 왜 여기에 올라와 있는 거지?

그 대답은 또 다른 내가 했다. 편지의 한 구절로 친절하게.

어쩌면 누군가는 또다시 4층 옥상에서 뛰어내릴 준비를 하고 있을지 모릅니다.

아, 그럼 지희가 아니라 나였단 말인가.

갑자기 다리가 심하게 떨렸다. 그런데 이건 뭐지? 손에 무언가가 들려 있었다. 아, 행운의 편지다. 아직도 이걸 손에 쥐고 있다니. 그럼 결국 이것대로?

아니야!

나는 고개를 저었다. 하지만 그럼에도 불구하고 나는 돌아설 수가 없었다. 아니, 돌아서서는 안 된다는 생각이 들었다. 나는 조금 더 걸었다. 난간 바깥쪽으로 두어 걸음 더 옮겨 놓았다. 그리고 양팔을 벌렸다. 유리가 그랬다고 했다. 팔을 벌린 채 하늘로 날아가는 것 같았다고 아이들 몇몇이 말했었다.

"그런다고 유리가 너를 용서할까?"

날카로운 목소리 하나가 생각의 장막을 찢어 버렸다. 뒤를 돌아보았다. 지희였다.

"거긴, 내 자리 아니야?"

내가 대답이 없자 지희가 또 말했다. 그건 아니었다. 유리는 지희에게 한없이 미안해 했다. 그래서 나는 고개를 저었다. 그리고 물었다.

"나도 유리처럼 날 수 있을까?"

이번엔 지희가 고개를 저었다. 그리고 물었다.

"너도 내 손을 뿌리칠 거니? 유리처럼?"

"나는……."

입이 떨어지지 않았다. 지희의 손을 잡을 용기도, 그렇다고 유리처럼 날아볼 용기도 나지 않았다.

나는 운동장을 바라보았다. 아직도 영후는 공연 중이었다. 그 옆에 준영이 서 있었다. 그리고 또 수십 명의 아이들이 그 주위에 모여들었다.

그때, 지희가 말했다.

"내 손을 잡아."

그래, 나를 잡아줘. 나는 말했다. 하지만 그 소리가 입 밖으로 나오지는 않았다. 손을 조금 들었을 뿐이었다.

그런데 그때, 그 목소리 틈으로 다른 목소리들이 두서없이 끼어들었다.

쟤는 누구야?

야, 너 이리 안 내려와.

누가 좀 말려요. 선생님, 혜수예요. 살려야 해요.

너, 이 새끼! 안 내려와? 안 내려오면 퇴학이야!

옥상으로 올라온 사람들의 목소리. 그러나 그들의 모습은 보이지 않았다. 빗물 때문에 눈을 뜰 수가 없었다.

"어서 내 손을 잡아."

지희의 목소리가 다시 들려왔다. 나는 손을 더 길게 뻗었다.

"조금만 더!"

그러나 더는 움직일 수가 없었다. 온몸이 굳어 버리는 느낌이었다. 두려웠다. 나는 눈을 감았다. 온몸이 차갑게 식고 있었다. 핏줄이 얼어서 더 이상 피가 흐르지 않는 느낌? 손가락 마디마다, 머리끝 그리고 발끝까지 뻣뻣해지고 심장은 서서히 멈춰가고 있었다. 유리도 이렇게 마지막을 맞았을까?

바로 그 순간, 손 끝에 무언가 닿았다.

"됐어."

지희의 손이 내 손을 잡았다. 순간, 얼음처럼 차가워진 손에 온기가 느껴졌다. 그리고 그 온기는 서서히 몸 전체를 녹이기 시작했다. 피가 다시 흘렀다. 심장이 빠르게 뛰기 시작했다. 굳어서 움직이지 않을 것 같았던 몸의 한 곳 한 곳이 비로소 움직였다.

"고마워, 손을 잡아줘서."

지희가 말했다. 그리고 미소를 지었다. 그 미소를 보면서 생각했다. 이제 누구라도 그 곁을 떠나는 일은 없을 거라고. 그리고 지희에게 눈빛으로 물었다.

너도 그럴 거지?

지희가 내 말을 알아들은 것일까? 지희는 고개를 끄덕였다.

작가의 말

돌이켜보면 고등학교 2학년 여름, 나는 아주 혹독한 '질풍노도'의 시기를 보냈다.

그해에 아버지가 돌아가셨고, 뒤늦게(!) 여자아이들에게 관심을 갖기 시작했다. 그리고 '불휘'라는, 다소 거창한 이름의 문학동아리를 만들어 문학소년의 '때깔'로 치장을 했다. 나는 주름이 잘 잡힌 교복을 벗어 던져 버렸다. 그 시절, 곧잘 어깨를 으쓱거리곤 했는데, 그건 순전히 남들과 똑같이 복제된 '제조번호 1354453-05-04번' 따위의 품번을 가진 고등학생이 아닌, 오롯이 '나'라는 모습을 스스로 찾아 나섰다는 치기 어린 자부심 때문이었던 듯하다.

하지만 그런 이유로 나는 당연히 선생님들의 눈 밖에 났다. 나 역시 그 선생님들을 내 관심 밖으로 밀어냈다. 되바라지게도 선생님들과 나 사이에 타협이란 있을 수 없었다. 아마도 나와 선생님들은, 아니 적어도 나는 그분들을 극복해야만 하는 대상쯤으로 여겼던 것 같다. (교과서적으로 말해) 그때 내가 조금 더 슬기로웠다면, 서로가 보이지 않는 힘에 맞서는 훌륭한 조력자가 되었을지도 모를 일이다…….

결과적으로 나는 그 싸움이 남긴 상처투성이의 기억을 잊고자 20여 년을 나 자신과 다시 싸워야 했다. 그런데 새삼, 그때의 기억들이 오롯이 살아서 나에게 되돌아왔다. 그리고 그 기억의 촉수를 끈질기게 자극한 휘윤이가 있었다. 이미 중학교 2학년 때에 음악을 하겠노라고 선언한 녀석은 내가 선생님들에게 그랬듯이, 자신의 음악을 반대하는 아빠를 말이 통하지 않는 '기성세대' 중의 하나로 간단히 치부해 버림으로써 내가 그 시절 그랬듯, 제 삶의 악역으로 세워 버렸다. 그리하여 어쩌면 또 되물림이 될지 모르는, 말로는 표현하기 힘든 이 기묘한 '역할놀이'를 나는 하루빨리 끝내고 싶어졌다. 아주 간절히 말이다. 한동안 자격지심과 소심함으로 인해 외면했던 소설을 다시 써 보고자 어렵게 용기를 낸 가장 큰 이유다.

흔한 말로 '유리'는, 그 시절 내가 잃어버린 친구 중의 하나다. 그리고 어쩌면 잃어버릴지 모르는 내 아이의 친구들 중 한 사람일 터. 그러나 더 슬픈 일은, 우리는 잃어버림에, 그리고 그러한 자신에 너무 관대하다는 것. 그것이 무엇이든 잃어버리면 새로 사거나, 다시 구하면 된다고 생각하는 것. 아니, 정말로 무서운 것은, 그래서 그런 일들이 너무 쉽게 일상이 되어 가고 있다는 사실…….

늦게 얻은 용기가 여전히 부끄럽다. 그럼에도 아직 써야 할 이야기들이 많다. 20여 년 이상을 가두어 놓아두었던 기억의 편린들이 그 이야기의 씨앗이 되어 주리라 믿는다.

10년이 넘도록, 그 정도면 잊힐 만도 한데, 불현듯 찾아와 내 새로운 글밭에 물 한 바가지 흠뻑 뿌리고 기꺼이 잡초도 뽑아 주겠노라. 말해 준 기억 저편의 친구와 후배 들에게 고맙다

는 말을 전하고 싶다. 그리고 미흡하고 낯부끄러운 원고를 선
뜻 출판할 수 있도록 허락해 주신 북멘토 사장님, 또한 먼지만
뽀얗게 앉아 있던 나의 감수성에 윤기를 내 주고 충고를 아끼
지 않은 김혜선 편집장님께 감사의 말씀을 전한다. 더불어 고
마운 그 모든 사람들께 섣부른 약속을 해 본다. 아니 철부지 같
은 각오랄까? 첫눈이 내릴 즈음에는 더 재미있는 이야기를 들
려드리겠다고…….

2012년 5월

한정영

바다로 간 달팽이 **002**

비보이 스캔들

1판 1쇄 발행일 2012년 5월 29일
1판 3쇄 발행일 2013년 10월 21일
1판 3쇄 발행부수 2,000부 | 총 6,000부 발행

글쓴이 | 한정영

펴낸곳 | (주)도서출판 북멘토
펴낸이 | 김태완
편 집 | 김혜선 박혜리
마케팅 | 이용구

북디자인 | 구화정 page9

출판등록 제6-800호(2006. 6. 13)
주소 | 121-816 서울시 마포구 동교동 113-81, 2층
전화 | 02-332-4885
팩스 | 02-332-4875

ⓒ 한정영, 2012

ISBN 978-89-6319-053-2 03810